गहन है यह अन्धकारा

[सच्ची घटना पर आधारित उपन्यास]

गहन है यह अन्धकारा

अमित श्रीवास्तव

राधाकृष्ण प्रकाशन

ISBN : 978-81-8361-931-8

गहन है यह अन्धकारा

पहला संस्करण : 2019

मूल्य : ₹450

प्रकाशक
राधाकृष्ण प्रकाशन प्राइवेट लिमिटेड
जी–17, जगतपुरी, दिल्ली–110 051

शाखाएँ : अशोक राजपथ, साइंस कॉलेज के सामने, पटना–800 006
पहली मंजिल, दरबारी बिल्डिंग, महात्मा गांधी मार्ग, इलाहाबाद–211 001
36 ए, शेक्सपियर सरणी, कोलकाता–700 017

वेबसाइट : www.radhakrishnaprakashan.com
ई–मेल : info@radhakrishnaprakashan.com

मुद्रक : बी.के. ऑफसेट
नवीन शाहदरा, दिल्ली 110 032

GAHAN HAI YAH ANDHKARA
Novel by Amit Srivastava

ड्राइवर, गनर और फॉलोवर जैसे हमराहियों के नाम
जिनकी वजह से महकमा
पत्थरों में ज़िन्दा रह गए बीज की तरह
हमेशा बचा रह जाता है

फाँसी!

जिस जीवन को उत्पन्न करने में हमारे संसार की सारी शक्तियाँ, हमारे विकास, हमारे विज्ञान, हमारी सभ्यता द्वारा निर्मित सारी क्षमताएँ या औजार असमर्थ हैं, उसी जीवन को छीन लेने में, उसी का विनाश करने में, ऐसी भोली हृदयहीनता—फाँसी!

फाँसी, क्यों? अपराधी को दंड देने के लिए! पर इससे क्या वो सुधर जाएगा? इससे क्या उसके अपराधों का मार्जन हो जाएगा? जो अमिट रेखा उसके हाथों खिंची है, वह क्या उसके साथ मिट जाएगी? फाँसी, दूसरों को शिक्षा देने के लिए! पर यह कैसी शिक्षा है कि जीवन के प्रति आदर-भाव सिखाने के लिए उसी की घोर हृदयहीन उपेक्षा का प्रदर्शन किया जाए! और, इससे भी कभी कोई सीखा है...मुझे तो फाँसी की कल्पना सदा मुग्ध ही करती रही है—उसमें साँप की आँखों सा एक अत्यंत तुषारमय किन्तु अमोघ सम्मोहन होता है...एक सम्मोहन, एक निमंत्रण, जो कि प्रतिहिंसा के इस यंत्र को भी कवितामय बना देता है, जो कि उस पर बलिदान होते हुए अभागे—या अतिशय भाग्यशाली!—को जीवन की एक सिद्धि दे देता है, और उसके असमय अवसान को भी सम्पूर्ण कर देता है...

फाँसी!

यौवन के ज्वार में समुद्र शोषण! सूर्योदय पर रजनी के उलझे हुए और घनी छायाओं से भरे कुंतल! शारदीय नभ की छटा पर एक भीमकाय काला बरसाती बादल! इस विरोध में, इस अचानक खंडन में निहित अपूर्व भैरव कविता ही में इसको सिद्धि है...

सिद्धि कैसी—काहे की? मेरी मृत्यु की क्या सिद्धि होगी—मेरे जीवन की क्या थी?

—अज्ञेय

1

"हाँ एसओ साहब बताइए क्या बात है?"

"सर...एक बॉडी मिली है।" एसओ की आवाज़ का कम्पन बिना किसी सीज्मोग्राफ़ के भी पढ़ा जा सकता था, और इतने साल की नौकरी के बाद ये समझना मुश्किल नहीं था कि आवाज़ के कंटूर की पास-पास होती रेखाएँ किसी गम्भीर परेशानी का संकेत थीं। फिर भी सीओ ने अपने को संयत रखते हुए पूछा।

"क्या मामला है... ?"

"सर...मर्डर लग रहा है।" सरायपोख्ता थाने में मर्डर की सूचना ऐसे ही थी जैसे दिन में तारे दिख जाना, वो भी ऐसे दिन जब सूरज भी छुट्टी पर ना हो।

"अरे...आदमी है...कौन है...कैसे हुआ है?"

"आदमी है सर चालीस एक साल का, गला काट के फेंक दिया है। सिर मिल भी नहीं रहा है। लाश को जला भी दिया है। मैं मौक़े पर हूँ सर, अभी लाश की शिनाख़्त भी नहीं हो पाई है। लगे हुए हैं।" काबिल एसओ पूछे जा सकने वाले सारे सम्भावित प्रश्नों को पहले ही भाँप लेता है, सुने जा सकने वाले जवाब देता है और गला कटी हुई लाश मिलने पर 'मर्डर है' नहीं 'मर्डर लग रहा है' ही कहता है।

"ओह...एसओ जी, फ़ील्ड यूनिट, डॉग स्क्वाड को बुलवा लो मैं भी निकल रहा हूँ।" यूनिफ़ॉर्म की तरफ़ लपकते हुए सीओ ने कहा।

"जी कॉल कर दी है।"

"लाश मिली कहाँ है?"

"थाने से लगभग दस किलोमीटर उत्तर को पड़ता है सर...वो रस्ता जो बिठारना को नहीं जाता है सर, जहाँ मेमसाहब के साथ आप पिछले महीने पिकनिक को गए थे, उसी पर मनगाँव पड़ता है उससे तीन किलोमीटर नीचे।"

"अच्छा...अच्छा कोई गुमशुदगी तो नहीं हाल-फ़िलहाल में?" पिकनिक जैसी एक्स्ट्रा करिक्यूलर एक्टिविटी पर ज़्यादा विस्तार से बचते हुए सीओ ने कहा।

"नहीं सर गुमशुदगी तो कोई नहीं है ऐसी थाने पर...बाहर से ही लाए होंगे सर...यहाँ लाकर निपटा दिया।"

"... ..."

"कुछ कह नहीं सकते सर, पहले गला काटा फिर जलाया या पहले...सर पीएम से ही पता चल पाएगा।"

"... ..."

"अभी नहीं सर...सर कप्तान साहब को आप ही बता दीजिये।"

ये वो समय था जब किसी भी अपराध की सूचना ऊपर के अधिकारियों को देना अपराध ख़ुद ही कर देने के बराबर गिना जाने लगा था। उच्चाधिकारी के मन में हज़ार प्रश्न होते थे। डिफ़ेन्स और सरकारी वकील मिलकर जज के सामने घटना की तफ़सील जिस तरह से खोलते थे उससे ज़्यादा डीटेल तफ़्तीश शुरू होने से पहले उच्च अधिकारी जान लेना चाहता था। इतनी बारीक पूछताछ कि मातहत अगर शर्म से गड़ता नहीं तो मलाईदार थाने पर पोस्टिंग के लिए लगाए जाने वाले जुगाड़ की परतें ज़रूर उधड़ती दिखती थीं। इतने आदेश एक साथ कि स्वच्छ-स्वतंत्र-निष्पक्ष विवेचना वाले जुमले पर शक पैदा होने लगता।

उच्चाधिकारी ब़ाई डिफॉल्ट विद्वान् होता है। हर सरकारी विभाग की तरह पुलिस में भी विद्वता दो प्रकार की होती है। एक के लिए अध्ययन, मनन, चिन्तन जैसे लुम्पेन कारकों का सहारा लेना पड़ता है। ऐसी विद्वता एक बार आ जाए तो घेर कर बैठ जाती है। बेहया किराएदार टाइप। ताउम्र मकान क़ब्ज़े में और किराए के नाम पर ठेंगा। दूसरी वाली विद्वता सहज, सरल पदेन विद्वता होती है जो किसी पद के धारण करते ही स्वतः ही आ जाती है। बाई वर्च्यू ऑफ़ दी पोस्ट। ज़्यादा हाथ-पाँव नहीं मारना पड़ता। पद के प्रसाद पर्यन्त रहती है। जब तक पद है तब तक है। पद से हटे इस प्रकार की विद्वता से हटे।

कप्तान साहब के पास दोनों प्रकार की विद्वता थी। अलग-अलग मात्राओं में। इसलिए उनके आदेशों में अक्सर गोलमाल हो जाता था। सीओ साहब में

भी दोनों थी। इसलिए उन्हें आदेश समझने में भी गोलमाल हो जाता था। सीओ ने एसपी साहब को सूचना सरकाई।

"सर...एक बॉडी मिली है..." बहुत सी ग़लतफ़हमियों की तरह ये ग़लतफ़हमी भी तुरंत टूट गई कि सूचना पहले सीओ ने दी। कप्तान का सूचना तंत्र न केवल विकसित बल्कि पुष्पित, पल्लवित भी होता है। कप्तान ने दोनों प्रकार की विद्वता को लपेटकर सूचना की बत्ती बनाई और वापस ठेल दी।

"देखो ऐसा है तुम्हारे सर्किल में मर्डर का कोटा आलरेडी पूरा हो चुका है..." (दूसरी वाली)

"अब अगला होना नहीं चाहिए..." (दूसरी वाली)

"लग जाओ केस में...एसओजी को बुलवा लो.. और राकेश भूषण को वो वहाँ रह भी चुका है...वर्क आउट करो...हो जाएगा...ओके..." (पहली वाली)

"फ़टाफ़ट पहुँचो दो मिनट में..." (पहली वाली...या शायद दूसरी... पता नहीं!)

घटना स्थल के पूरब में जंगल है, पश्चिम में मनगाँव रोड, उत्तर में मनगाँव–भगोतपुर रोड, दक्षिण में जंगल है। नक़्शा नज़री में '*a*' वह स्थान जहाँ मृतक पुरुष शव जो सिर कटा और अधजला है, जिसका सिर मौक़े पर नहीं है, मनगाँव–भगोतपुर मोटर मार्ग कच्चा से क़रीब बीस मीटर नीचे सूखे नाले में, जंगल में पड़ा है। चिह्न '*c*' जहाँ पर पीठ पर शव के एक लाल स्वेटर हौजरी का अधजला टुकड़ा, एक सफ़ेद और नीली चेकदार कमीज़ का अधजला टुकड़ा, एक सफ़ेद अन्दरूनी बनियान का अधजला टुकड़ा व लाल स्वेटर के टुकड़े पर पीली नाइलोन की रस्सी के चार छोटे–छोटे अधजले टुकड़े चिपके हैं। चिह्न '*d*' जहाँ पर शव के पैर में नीली जींस का अधजला टुकड़ा पड़ा है, चिह्न '*f*' जहाँ पर एक अधजली हवाई चप्पल का टुकड़ा है, चिह्न '*b*' जहाँ मैकडोवेल शराब की बोतल का सिरा ढक्कन लगा पड़ा है, चिह्न # (चौकोर निशान) जहाँ पर पाँच गिलास प्लास्टिक के, एक ख़ाली गोल्ड फ्लेक सिगरेट की डिब्बी, दो ठुड्डे सिगरेट, चार अधजली माचिस की तीली पड़ी हैं, चिह्न % (गोल निशान) पत्थर, चिह्न @ (पेड़ का निशान) पेड़, चिह्न ^ (छोटे पेड़ों के निशान) घास दर्शायी है।

नक़्शा नज़री संलग्न सीडी (केस डायरी)।

2

ये वो समय था जब देश को आर्थिक गुलाटियाँ खाए दो दशक बीत चुके थे और वो उलटबांसियों में पूरी तरह ऊब-चूभ था। वायदे से बिलकुल उलट इंजीनियरिंग-एमबीए संस्थानों से निकले बैचलर्स और मास्टर्स की जेब में अपॉइंटमेंट लेटर तो क्या एक अठन्नी भी नहीं थी और सेंसेक्स दीवारें तोड़कर छत पर आमद करा चुका था। ये वो समय था जब सरकार अपनी दावेदारी हर संस्थान से हटाती जा रही थी और दशकों से चल रहे भ्रष्टाचार की सड़ांध इतनी बढ़ चुकी थी कि वो सरेआम लोगों के घर में घुसकर सहलाने लगी थी—नाक! ये वो समय था जब दो बार लगातार वाली सरकार अपनी अन्तिम साँसें गिनने लगी थी और एकाध बरस बाद ही जिसे कुल जमा चौवालीस साँसें मिलने वाली थीं और उधर हमेशा की तरह ही विकल्प-विकल्प के शोर के बीच जनता साँपनाथ की जगह नागनाथ को अपना पालनकर्ता चुनने वाली थी।

ये वो समय था जब जोश रंगीले यानी कि अपने सीओ साहब अखिल भारतीय ऑटो रिक्शा संघ, कार्यक्षेत्र बस स्टैंड चौराहे से रेलवे स्टेशन तिराहा, की बेमियादी हड़ताल, जिसे तीन दिन चलना था, पूर्व निर्धारित कार्यक्रमानुसार एसडीएम साहब के साथ जाकर उनकी बाईस में से छः माँगें मानकर तुड़वा कर आ चुके थे और शाम की चाय के साथ 'शेखर : एक जीवनी' से फ़लसफ़ामय होने के कगार पर थे। यही वो समय था जब सरकारी मोबाइल, जो खाने, पीने, सोने के साथ-साथ नित्यकर्मों का भी राज़दार हो चला था, पर एसओ सराय पोखरा ब्लिंक हुआ।

सीओ साहब ने झट वर्दी पहनी। ये उनके वॉलीबाल देखने और कविता सोचने का टाइम भी था। थोड़ी ही देर में स्थितियाँ पलट जाती थीं। फिर वो वॉलीबाल सोचते और कविता लिखते थे। उनका सर्किल (कार्य क्षेत्र)

प्रदेश के उन चुनिन्दा ख़ुशक़िस्मत सर्किलों में से था जहाँ सीओ कार्यालय और आवास एक ही कैम्पस में थे। तस्मे बाँधते हुए कार्यालय में आ जाओ और बटन खोलते हुए घर में। ये और बात है कि न घर पर कार्यालय में खुला क्राइम रजिस्टर ही बन्द हो पाता था न ही कार्यालय में घर पर उबली हुई चाय गर्म-गर्म हलक़ में उतर पाती थी। आवास और कार्यालय को जोड़ता (वैसे देखा जाए तो तोड़ता भी यही था, ये नजरिया सीओ ने विगत दिनों में विकसित कर लिया था) एक ग्राउंड था जिसे तहसीलदार साहब की गाय अपना भोजन कक्ष समझती थी। ख़ाली समय में इसी ग्राउंड में एक्साइज इंस्पेक्टर का कुत्ता नाखून तो भरे समय में चालान छुड़ाने आए वाहन स्वामी या झगड़ा सुलटवाने आए लोग अपने पैर खुजाते थे। ख़ाली और भरे के बीच भी एक समय हुआ करता था जब बग़ल के फायर स्टेशन, सीओ कार्यालय और जजी की ग़ारद के कुछ जवान वॉलीबाल पर हाथ खुजाते थे।

सीओ साहब नई पीढ़ी के थे, युवा थे और बहुत कुछ कर गुज़रने की तमन्ना लिए कुछ साल पहले ही पीपीएस की परीक्षा पास कर पुलिस की नौकरी में आए थे। ये और बात है कि कर तो कुछ पाते नहीं थे बस हाथ मसलते गुज़र जाते थे। इसी तरह मसलते-मसलते एक दिन हाथ में क़लम आ गई। क़लम और काग़ज़ की मसलन से जो चीज़ निकली वो दिल के गुबार की शक्ल की होते हुए भी चीख़, गालियों और प्रलाप से भिन्न थी। इसे कविता नाम दिया गया। बस उसी दिन से कवितानुमा किसी चीज़ के उपासक हो गए। 'कवितानुमा किसी चीज़' का अर्थ विस्तार व्यापक है। कुछ शब्दों और उदाहरणों से स्पष्ट करना संभव नहीं है। अब ये अन्याय, शोषण, ग़ैर-बराबरी जैसे विषयों पर क़लम चलाते और हत्या, रेप, नक़बजनी से निब पोंछ लेते। बड़ा काव्यात्मक समाधान था। इधर बिल्डर ने ग़रीबों के झोंपड़े में आग लगाई, उधर कविता में काला धुआँ उठने लगा, इधर प्रॉपर्टी के लिए खंजर घोंपा, उधर कविता बह उठी, इधर किडनैपिंग में बच्चा उठा, उधर कविता फिरौती पर—

मिल जाना कहीं यूँ ही
काली पहाड़ी के पीछे
सूरज की अलसाई विदा में

यूँ नहीं कि जैसे मिलती हो परछाईं अपने अनचाहे संकोच से
यूँ कि जैसे बचपन के गलियारों से उखड़ती कोई साँस
दोस्त की आश्वस्त आवाज़ से मिलती है

ये तरीक़ा वैसे उन दोस्तों से मुख़्तलिफ़ नहीं था जो कुछ कर गुज़रने की आस को शाम की प्यास के साथ गिलास में लगाकर गटक जाते थे। नई पीढ़ी के ही एक सीओ ने बताया था कि 'एक तीनसौचार बी (दहेज हत्या) के केस में दबाव बन रहा था कि लड़के के माँ-बाप के साथ-साथ छोटे भाई, बहन और चाची को भी मुल्जिम बनाओ जबकि साफ़ उल्टा मामला था। मृतका का शादी के पहले से ही एक चक्कर था, उसी वजह से वह सुसाइड कर बैठी। सर से पूछा तो उन्होंने कहा कि मुल्जिम तो बनाना ही पड़ेगा नहीं तो तुम्हारी इंटीग्रिटी पे शक किया जाएगा। हद है। इंटीग्रिटी माय फुट। साला जिस दिन रिमांड ली उस दिन रात भर बैठ कर दारू पी गई। छोटे भाई-बहन का चेहरा घूम रहा था आँखों के आगे। अब तो आदत हो गई है इस साली नौकरी में ज़मीर बेचकर स्यूडो इंटीग्रिटी ख़रीदने की।'

ये तरीक़ा लेकिन उन और दोस्तों से अलग ज़रूर था जो अन्याय, शोषण और इन जैसे शब्दों को प्रयोगानुसार उल्टा पढ़ना शुरू कर चुके थे। कारण वही—नौकरी। इस नौकरी का ग्राफ़ अजीब था। दाहिने जन प्रतिनिधियों/उच्चाधिकारियों की गालियाँ, बाएँ अदालत, क़ानून की दीवार और चोर दरवाज़े, सामने सुरसा के मुँह की तरह बढ़ती जनता की अपेक्षाएँ और पीछे परिवार की ज़िम्मेदारियाँ जो शिखंडी की तरह परिवर्तन की राह पर थीं। ऐसे में सीओ साहब ने तीरों का नुकीलापन चेक करना उचित समझा। कविताई पर बिछ गए। घायल तो हुए लेकिन कविता ने ज़मीन पर गिरने से बचा लिया।

कविता ने एक कमाल और कर डाला था। सीओ साहब के अन्दर की कोमलता को काम के दबाव की कठोरता से बचा रखा था। तथाकथित जन प्रतिनिधियों की गालियों, उच्चाधिकारियों के ज़ुबानी आदेश के बीच कविता ही थी जो एम्लोवास और एल्प्रेक्स की तरफ़ बढ़ते क़दम रोक लेती थी। कहें कि गालियों और गोलियों के बीच कविता खड़ी थी। लेकिन शायद इसी ने इन्हें बर्बाद भी किया था, कहीं का नहीं छोड़ा था। हर जगह शक की निगाह से देखा जाता था। कवि कहते थे, 'अब लो, अब ये पुलिसवाले भी कविता

करने चले हैं, हद ही हो गई।' पुलिसवाले कहते थे 'यार ये तो कवि आदमी है ग़लती से पुलिस में आ गया है।'

बड़े अनुसन्धान के बाद ये पता चला था कि दोनों ही तरफ़ असल कारण कुछ और थे। कवि इसलिए इन्हें कवि नहीं मानते थे क्योंकि इन्होंने अब तक अपने आप को कोई पुरस्कार नहीं दिलवाया था, सम्मेलनों की शिरकत से परहेज़ रखते थे और तो और स्थापित मठों की परिक्रमा भी नहीं की थी। ऐसे में कैसे मान लिया जाए कि वो कवि ही थे। अगर ये सब कर सकते तो कहा जाता कि पुलिस में है लेकिन ग़ज़ब का कवि है। पुलिस के लोग उन्हें पुलिस इसलिए नहीं मानते थे क्योंकि गालियाँ नहीं देते थे, मातहतों को रोबदाब नहीं झाड़ते थे, वसूली कार्यक्रम में हिस्सा नहीं बँटाते थे, तुगलकी फ़रमानों के आगे चूँ-चपड़ करने लगते थे। ये सब न होता तो कहा जाता कवि-हृदय है लेकिन ग़ज़ब का पुलिसमैन है। ग़नीमत थी कि आदमी कुछ नहीं कहते थे।

"सर...सर...सर...सर...मैं पहुँच रहा हूँ दो मिनट में!" कहते-कहते सीओ ने फ़ोन रखा और तनाव उठा लिया। आवास से थाने की दूरी ही बीस किलोमीटर थी वर्दी पहनते-पहनते उसने सोचा और उसे 600 किमी प्रति घंटे की रफ़्तार से जाना है। इस तरह के लम्पट तनावों का वो आदी हो चुका था। गाड़ी में बैठते-बैठते ही उसने एसओजी (स्पेशल ऑपरेशन ग्रुप) प्रभारी को तनाव का एक हिस्सा शिफ़्ट किया "पता चल ही गया होगा...पहुँचो-पहुँचो फ़टाफ़ट दो मिनट में।"

पहुँचते-पहुँचते अँधेरा हो चुका था। मनगाँव से लगभग तीन किलोमीटर पहले एक पुलिया के पास हत्या को अंजाम दिया गया था। हालाँकि ये कहना जल्दबाज़ी होगी कि हत्या वहीं की गई थी। ये भी हो सकता है कि मारा कहीं और गया हो और लाश यहाँ लाकर डाल दी गई हो। अभी तो ये भी कहना मुश्किल था कि हत्या ही हुई थी। पुलिसवाले तब तक लाश को लाश की तरह नहीं ट्रीट करते जब तक डॉक्टर ये लिख कर न दे कि बन्दा मर चुका है। बॉडी से डेडबॉडी के बीच सरकारी डॉक्टर है। शुक्र है ये काम डॉक्टर को दिया गया है, किसी धर्मगुरु को दिया जाता तो आत्मा के वस्त्र बदलने वाला कोई श्लोक लिखा मिलता मेमो में पुलिसवालों को : 'वासांसि जीर्णानि यथा विहाय/ नवानि गृह्याती नरोपराणि/ तथा शरीराणि विहाय जीर्णा/ न्यन्यानि संयाति नवानि देही।'

पुलिया वैसी ही पुलिया थी जैसी कि ऐसी जगहों पर होती है। दाहिनी तरफ़ पहाड़ से आने वाले गधेरे (पहाड़ी नाला) को सड़क के ऊपर आने से रोकने के लिए सड़क के नीचे से रास्ता बनाकर आर-पार गुज़ार दिया गया था। सड़क एक पुल में तब्दील हो चुकी थी जो ऊपर के दूरस्थ गाँवों को नीचे के शहर से जोड़ती थी, जो हर बरसात में क्षतिग्रस्त हो जाती थी, जो नीचे को जाती थी पर ऊपर को नहीं आती थी, जो पी.डब्ल्यू.डी. विभाग की प्रायोरिटी लिस्ट में अभी तक झाँक नहीं पाई थी क्योंकि किसी मंत्री किसी विधायक के कन्धे पर उचक नहीं पाई थी, जो इतनी ठहरी हुई थी कि पी.डब्ल्यू.डी. से विकास भवन तक का रास्ता ही नहीं तय कर पाई थी। पुलिया के एक तरफ़ पहाड़ था दूसरी तरफ़ खाई। पहाड़ के गाँवों के एक तरफ़ पहाड़ है दूसरी तरफ़ खाई।

सीओ ने मौक़े पर पहुँचते ही धारा 36 सीआरपीसी को अमली जामा पहनाते हुए चल रही कार्यवाही को अपने क़ब्ज़े में लिया।

"फ़ील्ड यूनिट हैज़ एराइव्ड ऑर नॉट...फ़ील्ड यूनिट आ गई?" पुलिया से नीचे उतरते हुए पूछा।

"अभी नहीं सर।"

"अरे...क्यों नहीं आई अब तक?" आवाज़ में अकड़ बढ़ाते हुए सीओ ने कहा, क्योंकि उसके आजू-बाजू ग्राम प्रधान टाइप के कुछ लोग प्रणाम-नमस्कार की मुद्रा के साथ जुड़ चुके थे।

"सर बता रहे हैं कि ज़िले में कुल बारह लोग हैं जो अच्छे से ट्रेंड हैं फिंगर प्रिंट-उंट उठाने में और सब अलग-अलग थाने से सम्बद्ध हैं... ख़बर कर दी है टीम बनाके आ रहे हैं।"

"हद है...डॉग स्क्वाड पहुँच गया?"

"सर प्रभारी आ गए हैं।"

"अरे यार प्रभारी थोड़ी न सूँघेंगे।" सीओ अपने हास्यबोध पर प्रसन्न होते हुए स्वयं ही हँस दिए।

"सर हमारा मेन डॉग तो ट्रेनिंग में गया है टीकनपुर, ग्वालियर। एक यही जूली है हमारे पास जो कुछ दिन पहले ही मिली है सर, आर्मी से रिटायर होकर आई है...और सर ये एक्सप्लोसिव एक्सपर्ट है।" आख़िरी बात प्रभारी डॉग स्क्वाड हेड कॉन्स्टेबल धन सिंह रावत ने बहुत धीरे से कही।

"ऐ लो अब संविदा वाले करेंगे काम...चलो वैसे भी यहाँ कुछ बचा है नहीं, स्निफ करने को...सब जल ही गया है कोई गंध शायद ही मिले इसे...अरे ड्रैगन लाइट लाओ रे।" लाश से सेफ डिस्टेंस मेंटेन करते हुए सीओ ने कहा।

"सर कभी-कभी मौजूदगी से भी बहुत कुछ हो जाता है।" रावत अभी भी लगा हुआ था कुत्ते की महिमा गायन में, फिर देखा कि सीओ साहब ड्रैगन लाइट की रोशनी में लाश के मुआयने में लग पड़े हैं तो चुप हो गया।

घटनास्थल बहुत कुछ कहता है, कभी चीख़-चीख़ कर तो कभी फुसफुसाहट में। पर यहाँ बात अलग थी। यहाँ घटनास्थल जेस्टिक्यूलेशन के मूड में था। कुछ अजीबोग़रीब हाव-भाव बना रखे थे। अजीब भी ग़रीब भी, क्योंकि शायद मुआमला गाँव का था। लाश पूरी तरह से जली हुई थी, काली पड़ गई थी। थोड़ी ही दूर से देखने पर एक लकड़ी के जले हुए ठूँठ की तरह अकड़ी पड़ी थी। सिर था नहीं, इतनी आग के बाद शरीर पर कपड़ों के कुछ अंश मिल जाना वही जेस्टिक्यूलेशन वाली बात थी। ढूँढ़ने गई तीन पार्टियों ने आकर यह भी बताया कि आस-पास के पाँच-सात सौ मीटर के दायरे में सिर कहीं नहीं मिला। रिगर मोर्टिस के बारे में कुछ भी अन्दाज़ लगाना बहुत मुश्किल था। सीओ ने अपने आप को एक मानसिक चाँटा लगाया क्योंकि लाश को देखकर उसे एक बिगड़ा हुआ शेर कौंध रहा था कि—

रोएँगे देख कर वो, चमड़ी की हर शिकन को।
तोड़ा है दम किसी ने, करवट बदल-बदल कर॥

इतनी जली हुई उँगलियों से फिंगर प्रिंट लेना भी मुमकिन नहीं था। लाश के पास वाले पेड़, आस-पास की झाड़ियाँ और घास एक बात ज़रूर बता रही थीं कि लाश को जलाया यहीं गया है। वैसे जिसने भी इस घटना को अंजाम दिया था, लगता था उसने बचपन वाले विज्ञान के पाठ 'आओ करके देखें' को बहुत सीरियसली ले लिया था। अभी तक तो महज़ ये जानने के लिए हत्या कर दी गई लगती थी कि—चलो देखें हत्या कैसे की जाती है! क्योंकि इसमें गला काटने से लेकर गला दबाने या जला कर मार डालने जैसे कई कु(कर्म) शामिल लग रहे थे। जब किसी निष्कर्ष पर नहीं पहुँचे सीओ साहब तो ब्रेन स्टोर्मिंग का सहारा लिया।

"तुम लोगों को क्या लग रहा है?"

"सर, सिर तो है नहीं!" एसआई पूरण राम आर्या ने पंचायतनामे का काग़ज़ हवा में हिलाते हुए कहा।

"ये अभी लग रहा है।" सीओ को अपने हास्यबोध पर पूरा भरोसा था जिसकी ताईद तीन-चार मातहतों ने हलकी मुस्कराहट से की भी। एसओ के रहते जवाब कोई और पहले दे दे ये नाकाबिले बर्दाश्त बात थी। ऐसा भाव मन में लाकर एसओ साहब कूद पड़े—

"नहीं, मतलब दो बातें हो सकती हैं, सिर काटकर जला दिया हो या जलाकर फिर सिर काटा हो!"

"ये तो पीएम से ही क्लीयर हो पाएगा, या फिर आप सही मुल्जिम पकड़ें और उगलवा लें।"

"सर पीएम में तो वही ब्रह्म वाक्य लिखा होगा : 'कॉज ऑफ़ डेथ कुड नॉट बी असरटेंड हेंस विज़रा प्रिज़र्व्ड।" एसओ साहब ने एक-एक शब्द पर उतना ही ज़ोर दिया जितना पीएम रिपोर्ट में डॉक्टर लापरवाही से लिखता है।

"नहीं-नहीं ऐसा नहीं है...सर कटा हुआ है यार कुछ नहीं तो डेथ ड्यू टू डीकैपिटेशन ही आएगा।"

"एक पत्थर भी है सर पास में पड़ा...ख़ून लगा है इस पर, लगता है पत्थर मार कर मारा फिर जला दिया सालों ने।"

"हूँ..."

"सर मुझे लगता है मोटिव लव अफेयर वाला मामला है...इल्लीचिट रिलेसन।" पूरण राम का मतलब इल्लीसिट रिलेशन से था।

"कैसे ज़मीन-जायदाद क्यों नहीं?"

"सिर काटा है न सर!"

"न...न सर काटने का मतलब तो सीधे-सीधे पहचान छुपाने से है मुल्जिम नहीं चाहता कि मृतक की पहचान हो...इल्लीसिट रिलेशन में तो कुछ और चीज़ें कटती हैं।" सीओ साहब आशय से तार्किक रहना और भाषा के भदेस से बचना चाहते थे।

"लूट का मोटिव भी हो सकता है।" एसओजी कॉन्स्टेबल नवीन नौटियाल ने जोरू और ज़मीन के बरक्स ज़र का महत्त्व रखते हुए कहा।

"ना...लूट-फूट तो हाईवे पर हो सकती है...यहाँ जंगल गाँव देहात में

कहाँ...इस गाँव का तो है नहीं ये...टूरिस्ट हो इधर घूमने-फिरने आया हो ये भी नहीं हो सकता क्योंकि यहाँ घूमने को है क्या...हवाई चप्पल पहने है तो बहुत अमीर भी नहीं लग रहा है।'' वैसे हवाई चप्पल और ग़रीबी का कोई लेना-देना नहीं था। क्योंकि आजकल लोग बड़ी-बड़ी गाड़ियों में हाफ़ पैंट और स्लिपर में रिलैक्स्ड हुए सफ़र करते हैं फिर भी चूँकि बात उच्च अधिकारी ने कही थी सो सबने गर्दन हिलाई।

''सर मुझे लगता है इसका मोडस औपरैंडी ये रहा होगा कि...।'' अब तक शांत रहे एसआई संजय बर्मा ने कल्पना को थोड़ी ऊँची उड़ान देना चाहा कि सीओ ने पर काट दिये।

''यार अभी ये तो मालूम नहीं कि हत्या किसकी हुई है, कितने मुल्जिम होंगे, क्या कारण होगा तुम...एसओ साहब ऐसा है बिना शिनाख़्त के कुछ भी कहना अँधेरे में तीर चलाना है वो भी ज़हरबुझा...पता नहीं किसको लग जाए।'' मुस्कुराना तो इस बात पर भी नहीं बनता था लेकिन लोग मुस्कुराए। ''पहले तो सब थानों से पता करो कोई गुमशुदगी या कोई ऐसी बात, बाक़ी एसओजी वाले सेल साइट डाटा डंप उठा लें और बॉडी को पीएम के लिए भिजवाओ...सिर की खोज में जुटो फिर से।''

''हाँ सर आरटी मैसेज तो करवा ही दिया है एसओ जी वाले सेल साइट उठा रहे हैं बाक़ी सामान क़ब्ज़े में ले लिया है फ़र्द बन जाएगी...अरे मिश्राजी कपड़ा लाए या नहीं...सील करो लाश को।''

''हम्मै लागत हौ एकर इस्तेमाल लहसिया के खींचै बिदा भ रहा...धै मरदवा एहरियाँ से पकड़...'' मिश्रा जी यानी राम प्रसाद मिश्रा उर्फ़ मिसिर जी होमगार्ड, हाल तैनात थाना सरायपोखरा, आर. ओ. (रेसिडेंट ऑफ़, निवासी) ग्राम व पोस्ट चिरइयाकलाँ ज़िला आजमगढ़ ने सफ़ेद कपड़ा लाश के बराबर में बिछाते हुए कॉन्स्टेबल 1365 ना.पु.(नागरिक पुलिस) चन्दन बिष्ट से कहा।

मिसिर जी घर रक्षक (होम गार्ड) थे और अपने घर की रक्षा डेली के डेली (वेज) पर किया करते थे। मिसिर जी के पिता भी मिसिरजी ही थे जो अपनी शराब पीने की आदत की वजह से आजमगढ़ रोडवेज में अपनी नौकरी के पहले ही साल सस्पेंशन, सस्पेंड होने की वजह से डीआरएम साहब से भिड़ंत और इस भिड़ंत की वजह से दूरस्थ ज़िले उत्तरकाशी प्रशासनिक आधार पर तबादले को हँसते-हँसते पी गए थे। उत्तरकाशी, चमोली या

पिथौरागढ़ जैसे ज़िले संयुक्त उत्तर प्रदेश में सज़ायाफ़्ता सरकारी नौकरों के लिए काम में लाए जाते थे, उनके गर्म ख़ून को ठंडा करने के लिए। एक बार पहाड़ चढ़ने के बाद नीचे उतरना मुश्किल रहा होगा तभी मिसिरजी अपनी पूरी नौकरी आस-पास के ज़िलों में काटकर रिटायर होकर भी अपने मूल ज़िले की ओर नहीं लौटे और पौड़ी-टिहरी-दून में कहीं बस गए।

कुछ तो इस शराब की लत और कुछ बिना ब्रेक के पैदा होती सन्तानों ने मिसिरकुल को सम्पत्ति से हीन ही रखा। लत जो कि बकौल मिसिर जी 'इंही आईटीआई, नैनीतलवै में पड़ी रही, काहे से कि जौन साल बाबू हियाँ ट्रेनिंग में रहे ऊ साल जब्बर जाड़ा पड़त रहा, संझा के बिना दू ठो लगाए नींदै नहीं।' लत, जो शाम को दो से शुरू होकर 'सूरज अस्त-पहाड़ी मस्त' तक कब आ पहुँची पता ही नहीं चला, उसी तरह से जैसे एक के बाद एक धड़ाधड़ हुई सन्तानों की संख्या ने इकाई से दहाई का रस्ता कब तय किया, कब मिसिरकुल परिवार से ख़ानदान के गेटअप में आ गया पता ही नहीं चला। मिसिर जी (जूनियर) दारू को हाथ नहीं लगाते थे (मुँह भी नहीं)। कुछ और भी गुण थे जो जूनियर, सीनियर से इनहेरिट नहीं करते थे जैसे कि नौकरी। सीनियर हाईस्कूल फेल थे लेकिन रोडवेज में सरकारी नौकर थे, जूनियर इंटर पास थे लेकिन डेली वेज पर होम गार्ड थे। जूनियर की नौकरी सिफ़ारिशी थी। रतन मणि मिश्रा जो कुछ समय हरिद्वार के अपर ज़िला अधिकारी रह कर गए, सीनियर मिसिर के दूर के चचेरे भाई लगते थे। उन्हीं की कृपा से मिसिर कुल के दो दीपकों को कुछ प्रकाश प्राप्त हुआ था। हमारे जूनियर मिसिर तो होमगार्डी में घुस गए थे और उनके छोटे भाई एक्स आर्मी मैन न होते हुए भी समाज कल्याण विभाग में तदर्थ, जिसे बाद में संविदा नाम दिया गया, चालक हो लिए।

सीनियर मिसिर की नौकरी छुपारिशी थी। जैसा कि वो ख़ुद बताते हैं, उनसे भी बड़े एक मिसिरजी थे। बड़े भाई साहब, बड़का भय्या। बड़के भय्या उन दिनों के और घरों के बड़के भय्या जैसे ही थे जो तमाम टैलेंट होते हुए भी आख़िर में वकालत कर लेते थे। ये उस समय की बात है जब वकालत को बड़ी इज़्ज़त की निगाहों से देखते थे। हर पढ़े-लिखे घर की पढ़ाई-लिखाई की तस्दीक इसी बात से हुआ करती थी कि घर में कोई वकील है या नहीं। तब ये जुमला अस्तित्व में ही नहीं था कि 'वकील वह

कील है जो एक बार धँस जाए तो जान लेकर ही निकलती है' क्योंकि पीढ़ी दर पीढ़ी मिल्कियत के साथ-साथ मुकदमों का हस्तांतरण शुरुआती फेज़ में था। वकील होने से पहले बड़के भय्या हॉकी खेलते थे और बढ़िया खेलते थे। इस बात की तस्दीक आजमगढ़ के पुश्तैनी मकान के रोशनदान पर आज भी धूल फाँक रहे पीतल के कप किया करते थे। 'बीच मईदान से अंखिया बन्द कई के मारें भय्या बाल सीधे गोलपोस्ट में!' बड़े गर्व से बताते थे मिसिरजी। इससे अतिरिक्त भी टैलेंट था बड़के भय्या के पास बताते हैं मिसिरजी 'हमरे भर्ती के इंटरव्यू में हम न गए, गएन बड़के भैया। ऊ जमाने में फ़ोटो-सोटो त चलत न रहा। अधिकारी क्वेश्चन पे क्वेश्चन पूछत गएन भय्या बतावत गएन। एक जगह मामला अटक ग। पूछा ग कि फलाने साल में इंडिया-पाकिस्तान के हॉकी मैच में कौन जीता? भय्या अऊर हॉकी। कहेन फलाने साल में इंडिया-पाकिस्तान के बीच कोई मैच नहीं हुआ था...देयर वाज़ नो मैच बिटवीन इंडिया एंड पाकिस्तान इन द इयर यू आर आस्किंग...अधिकारी सटक गएन...सही जवाब रहा। कहेन यू आर सिलेक्टेड मिस्टर मिश्रा लेकिन एक बात बताओ आपको देखकर लगता नहीं कि आप हाई-स्कूल फेल हैं। हा...हा...हा...इंटरव्यू दिहेन बड़के भय्या नौकरी पे गए हम! का ज़माना रहा।'

फ़र्द लेने क़ब्ज़े खूनालूदा मिट्टी

आज दिनांक 22/02/13 को रूबरू गवाहान श्री सत्य प्रकाश चमोली, स/ऑ स्व. रामजीत चमोली, आर/ओ ग्राम प्रधान ग्राम मनगाँव, थाना सरायपोखरा, ज़िला देहरादून व विजेंद्र सिंह बिष्ट, स/ऑ सत्येन्द्र सिंह बिष्ट, आर/ओ ग्राम प्रधान बड़ूल, थाना सरायपोखरा, ज़िला देहरादून के समक्ष मृतक पुरुष अज्ञात के शव के पास पड़ा खूनालूदा पत्थर-मिट्टी और सादी मिट्टी को समय 20:55 बजे क़ब्ज़े पुलिस में लिया गया, खूनालूदा पत्थर-मिट्टी को एक प्लास्टिक के डिब्बे में तथा सादी मिट्टी को दूसरे प्लास्टिक के डिब्बे में रखकर दोनों डिब्बों के ढक्कन बन्द कर तथा डिब्बों के ढक्कन को सफ़ेद कपड़े से बाँधकर सील सर्वे मुहर कर नमूना मुहर लिया गया। फ़र्द मौक़े पर मुरर्तिब कर फ़र्द का मज़मून पढ़कर-सुनाकर गवाही गवाहान के हस्ताक्षर कराए गए।

फ़र्द संलग्न सीडी।

3

सिर का कहीं अता-पता नहीं था। पता तो वैसे बॉडी पर भी नहीं लिखा था। ऐसा लगता था किसी लिफ़ाफ़े पर जैसे बस पते के शुरुआत का भाग 'श्री' उसके बाद तीन डैश पड़ा हो और उसके बाद कुछ न लिखा हो। इस पते से बस इतना पता चल रहा था कि ये किसी पुरुष की देह है। सीओ ने सिर ढूँढ़ने का बीड़ा उठाया, बीड़े से थोड़ी देर माथा खुजाया फिर उसके छोटे-छोटे टुकड़े कर सबको प्रसाद बाँटते हुए बोले, "लेट्स स्टार्ट अफ्रैश द सर्च ऑपरेशन इन स्ट्रिप पैटर्न।" सीओ के अन्दर ये अद्भुत कला ट्रेनिंग के दौरान उभारी गई थी, जब भी वो लीड करने की पोज़ीशन में आते थे, अंग्रेज़ी के बाज़ू जाकर खड़े हो जाते थे। तब भी वो इसी कला के सहारे पीठ टिकाते थे जब आस-पास पब्लिक के लोग हों, वो भी जिनके बारे में ये मुतमईन हो चुके हों कि उन्हें अंग्रेज़ी नहीं आती और उनसे कोई बात छुपानी हो या फिर उन्हें इस मुग़ालते में रखना हो कि पुलिसवाले एक्सपर्ट की तरह काम करते हैं।

"पूरण, आप अपने साथ कुछ लोग लेकर दाहिने से शुरू करो और ओम प्रकाश से बोलो कि वो बाएँ से आएँ। हम और एसओ साहब ऊपर से नीचे की ओर चलते हैं बाक़ी लोगों को नीचे भेज दो, वो ऊपर को आएँगे...समझ गए सब लोग ?" सीओ साहब बाक़ायदा हाथ उठा-उठा कर इशारे कर रहे थे, आधे इधर जाओ, आधे उधर जाओ और बाक़ी हमारे साथ आओ।

इधर पुलिसवाले उन्हें भकुआए से देख रहे थे कि ये कौन सा स्ट्रिप पैटर्न हुआ, उधर गाँव के इकट्ठा हुए तमाशबीन सिर बीनने की कार्यवाही में फिर से पुलिसवालों के साथ लग पड़ने को तैयार हो गए।

ऐसा लगा कि किसी केन्द्रक से अलग-अलग धाराएँ फूट पड़ी हों। दो-दो, चार-चार लोग अलग-अलग दिशाओं में बढ़ लिए। पूरण राम को

दाहिनी तरफ़ कहा गया था, वो अपने दाहिने चल पड़े। ओम प्रकाश को बाएँ कहा गया था, वो अपने बाएँ चल पड़े। थोड़ी ही देर में दोनों एक साथ एक ही स्थान पर थे और नीचे की ओर चल रहे थे। सीओ साहब के साथ एसओ साहब ऊपर से नीचे को चले। जिन लोगों को नीचे से ऊपर आने को कहा गया था वो भी नीचे जाने का कोई अन्य भौगोलिक समाधान न मिलने के कारण इनके पीछे-पीछे ही ऊपर से नीचे को चले। कुल मिलाकर कुछ ही देर में सीन ये था कि किसी पहाड़ पर फट पड़े नाले की तरह बहुत से लोग ऊपर से नीचे की ओर चल रहे थे जिसकी मुख्य धारा सीओ साहब थे।

आधे घंटे की मशक्कत से ही समझ में आ गया कि 'ढूँढ़ने से तो ख़ुदा भी मिल जाता है' जैसी कहावतों में कितना बड़ा झोल है। सीओ ने होंठों को गोल घुमाया, जैसा वो उस स्थिति में करते थे जब उन्हें ये जताना हो कि जो वो बोलने जा रहे हैं वो बड़ी देर सोच-समझ कर, हिये तराजू तौल कर बोलने वाले हैं, जबकि वास्तविकता ये होती थी कि ये बात अचानक निष्कर्ष पर लॉन्ग जम्प लगाकर बोली जाती थी, और कहा, ''यार अभी इत्ते अँधेरे में ढूँढ़-खोज मुश्किल है, ऐसा करते हैं दिन के उजाले में देखेंगे, फ़िलहाल थाने चलते हैं।'' ये वही निष्कर्ष था जो एसओ एंड टीम तीन बार इशारों में और तीन बार बुदबुदा कर बता चुकी थी। सभी ने लेकिन लगभग समवेत स्वर में 'जी सर' ऐसे कहा कि वो सीओ का अपना बोध हो। वही बोध जो उन्हें गुपचुप मुक्तिबोध के अँधेरे से देवताले के अँधेरे में पहुँचा चुका था।

थाने में अन्धेरा था। अपनी-अपनी सीमा में इतराते थोड़ा-थोड़ा पीला उजाला फैलाते बल्बों को छोड़ दें तो पूरा कैम्पस श्मशान के अँधेरे को ललकारने की मुद्रा में था। रही-सही कसर सन्तरी की हिलती-डुलती परछाईं पूरी कर दे रही थी। सन्तरी बरामदे के पास सीढ़ियों की समाप्ति और अहाते की शुरुआत पर खड़ा था। सन्तरी के पीछे बरामदे का बल्ब अँधेरे से लड़ाई में अपनी औकात से बाहर आने के प्रयास में बिजली के बोर्ड से बाहर लटक गया था। पीछे से पड़ रहे प्रकाश का असर ये हुआ था कि सन्तरी की परछाईं का कद पूरे अहाते को पार करके गेट तक पहुँच रहा था। रह-रह कर अपनी नींद मिटाने की ग़रज़ से थका-हारा सन्तरी राइफल लिये दाहिने-बाएँ घूमता था तो ऐसा लगता था कि कोई औरांगउटांग अभी-अभी तोड़ी किसी डाल को लिये किसी की पिटाई करने निकला है।

घटनास्थल से टीम लौटी। अहाते में घुसते ही गाड़ियों की लाइट ने काम भर का उजाला कर दिया। सन्तरी की परछाईं पिछवाड़े को सिमट गई। साहबों के आने से ऐसा होता है।

"हाँ बताओ भई विवेचना किसे दी है...एसओ साहब आपकी कुर्सी की पीठ बड़ी कड़ी-कड़ी है पीछे नहीं जाती...मजबूत है।" एसओ के कमरे में आकर एसओ की कुर्सी पर आधिकारिक क़ब्ज़ा जमाते और अपनी पीठ से कुर्सी की पीठ ठोंकते हुए सीओ साहब बोले और फिर अपने हास्यबोध पर स्वयं ही मुस्कुरा उठे। वैसे वो ये जानते थे कि उनकी तरह ही दिनकर साह को भी राजनैतिक या उच्च्च अधिकारीय संरक्षण प्राप्त नहीं है, वो भी उन्हीं की तरह 'फूट लूज़ इंडस्ट्रीज़' की तरह हैं, आज यहाँ कल वहाँ। ये थाना भी ऐसे संसाधनयुक्त नहीं था कि जिसके लिए स्टेक होल्डर्स में तगड़ी प्रतिस्पर्धा हो लेकिन फिर भी थाना तो थाना।

"दूसरी मँगवा देता हूँ...वैसी है फिर लकड़ी वाली।"

"अरे कोई नहीं...कोई नहीं यार मज़ाक़ कर रहा था। ज़रा एसओ जी वालों को बुलवा लो और दिखाओ क्या-क्या उठाया है मौक़ा-ए-वारदात से।"

घटनास्थल से पुलिस ने तमाम चीज़ें क़ब्ज़े में ली थीं। मुंशीजी ने टेबल पर डिस्प्ले करना शुरू किया, सीओ के साथ-साथ एसओ और एसओजी के हेड कॉन्स्टेबल प्रमोद ने लिस्ट बनानी शुरू की। काग़ज़ों में ये सारी चीज़ें सील-सर्वे-मुहर हो चुकी थीं, वास्तविकता में होने वाली थीं। अधजले कपड़ों के टुकड़े—नीली जींस, सफ़ेद बाजारू बनियान, सफ़ेद-नीली चेकदार कमीज़, लाल स्वेटर, पीली नाईलोन की रस्सी के टुकड़े, एक प्लास्टिक का ढक्कन केन का, एक टुकड़ा हवाई चप्पल, पाँच गिलास डिस्पोज़ेबल प्लास्टिक, एक मैकडोवेल शराब की बोतल का टूटा सिर, ख़ाली डिब्बी गोल्डफ्लेक, सिगरेट के दो ठुड्डे, कुछ तीलियाँ। सिगरेट, शराब की बोतल, रस्सी और केन के ढक्कन को अंडरलाइन किया गया। वास्तविकता में सील-सर्वे-मुहर होने के बाद इन चीज़ों को एफएसएल तक का लम्बा सफ़र तय करना था।

एफएसएल (फोरेंसिक साइंस लैबोरेटरी) यानी पुलिस का बिगड़ैल बड़ा भाई। बड़ा इसलिए नहीं कि दोनों एक ही बाप की औलाद थे बल्कि इसलिए क्योंकि हर तफ़्तीश में पुलिस बड़ी आशाओं के साथ इसे देखती और ये भी बड़े भाई साहब की पूरी अदाकारी दिखाते मदद करता है। ये

और बात है कि मदद आते-आते ख़ासी देर हो जाती है। जो रिपोर्ट दौराने तफ़्तीश आनी चाहिए वो तब आती है जब तफ़्तीश पूरी करके न्यायालय में भेजने की आख़िरी तारीख़ हो। आईओ अपने निष्कर्ष पर पहुँच चुका होता है और ये रिपोर्ट उस निष्कर्ष को सपोर्ट करने भर की होती है। इसीलिए शायद आईओ वही चीज़ें एफएसएल भेजता है जो उसके पूर्व निर्धारित निष्कर्ष को सपोर्ट करती हों। एफएसएल भी क्या करे? एफएसएल की वेटिंग लिस्ट देखकर लगता है कि लोगों को अपराध से कितना लगाव है। जनवरी में भेजा गया नमूना जाँच होकर जनवरी में ही आता है, अगले साल की, और अगर कहीं जून-जुलाई में आ गया तो इसी रिपोर्ट के साथ कि भेजे गए पदार्थ के नमूने मिलान के लिए ये प्रयोगशाला सक्षम नहीं। थाना वाया न्यायालय वाया एफएसएल वाया न्यायालय ये रिपोर्ट मिलती है तो इसी रास्ते से इसे दूसरे एफएसएल भेजने तक अगर नमूने में जान होती है तो वो निकल चुकी होती है।

तफ़्तीश का रफ़ ख़ाका तैयार हुआ। तय किया गया कि एक टीम सुबह से आस-पास की दुकानों से ये पता करने की कोशिश करेगी कि हाल-फ़िलहाल इन चीज़ों को ख़रीदने कोई आया था क्या! एक टीम सिर ढूँढ़ने के लिए जाएगी और एक एसओजी को उन नम्बरों को वेरीफाई करवाने में लगेगी जो डाटा डंप में शक के घेरे में होंगे। वैसे अभी वो घेरा बहुत बड़ा था क्योंकि, ''अलग-अलग सर्विस प्रोवाइडर के कुछ हज़ार नम्बर हैं सर, मैंने संजय धपोला सर से भी बात कर ली है।'' नवीन नौटियाल ने बताया, ''अभी शॉर्टलिस्टिंग करनी पड़ेगी, कल दिन तक पिक्चर कुछ क्लीयर हो पाएगी।''

''ठीक है। धपोला से कहो मुझसे बात करे।'' सीओ को एसओजी के शक़ पर शक़ नहीं था लेकिन शक़ के समाधान पर लाने की क़वायद में अक्सर शक़ हो जाया करता था।

पुलिस और अपराधियों के सम्बन्ध डाल-डाल, पात-पात वाले होते हैं। डाल और पात में परस्पर एक्सचेंज ऑफ़र चलता रहता है जो पुलिस और अपराधी की कलात्मक उड़ान पर निर्भर करता है। इस घटना से कुछ ही समय पहले की तुलनात्मक कलात्मक ऊँचाई की बात करते हैं। ये वो समय था जब एसओजी डाल-डाल चलना शुरू कर चुकी थी और अपराधियों के पत्ते गिनने की शुरुआत अभी नहीं हुई थी। ये जंगल का वो कोना था जहाँ डाल और पात

के खिलाड़ी पाले बदल रहे थे। कालान्तर में हालाँकि पुलिस और अपराधी के चिर सम्बन्ध स्थापित हो गए लेकिन हम कुछ बरस पहले के बियाबान की सैर पर हैं। यही वो समय था जब विज्ञान ने विधि को काबू में लेना शुरू कर दिया था। हमारे यहाँ विधि और विज्ञान की कभी नहीं बनी। इनके सम्बन्ध कभी दुरुस्त नहीं हो पाए। अपनी हनक में पुलिस ने कभी विज्ञान को साझीदार बनाने की ज़रूरत नहीं समझी। पुलिस के लिए ये वो बच्चा है जो काग़ज़ों में मैट्रिक पास है लेकिन आज भी बकइयाँ चलता है। सीधी उँगली से घी न निकला तो पुलिस को उँगली तीन डिग्री टेढ़ा कर देना आसान लगा बनिस्पत इसके कि वो किसी रासायनिक प्रक्रिया से घी गलाने का काम करती। देखा जाए तो विधि ने भी इस डिग्री विग्री के विरोध में उँगलियाँ उठाईं लेकिन ये वो दौर था जब पुलिस का कहा आख़िरी सच था। उस आख़िरी सच के बाद बहुत से सच जुड़ते गए और अब ये नौबत है कि समाज और अपराधियों के पीछे-पीछे भागकर पुलिस शर-शय्या पर लेटे अपने इकबाल की दुहाई दे रही है। विधि और विज्ञान भी सदियों से डाल-पात के खेल में थे लेकिन अब वो समय था जब लाइजनिंग नामक नए मेहमान की एंट्री हो चुकी थी जिसके जायज़-नाजायज़ होने की पड़ताल आज भी जारी है।

पुलिस के लिए रसूख़, इकबाल, हनक से ज़्यादा इसकी ज़रूरत पड़ने लगी थी। इसी लाइजनिंग के बलबूते बहुत से सादा वस्त्रों वाले एसओजी के बन्दे मौद्रिक मुनाफ़े और कप्तान के कृपा-पात्र होने के मामले में ख़ाकी वर्दी पर हावी होने लगे थे। ये अलग बात है कि सिक्के के दूसरे उजले पहलू के अनुसार बहुत सी अनसुलझी घटनाओं को विज्ञान के सूचना-प्रौद्योगिकी नामक अवतार का सहारा लेकर अनावरित भी कर रहे थे। तात्कालिक लाभ ज़्यादा दिखता था और पुलिस हमेशा से सार्वकालिक उपायों से बचती रही है इसलिए ज़ाहिरा तौर पर उच्च अधिकारियों का भी झुकाव इनकी तरफ़ था। यही वो समय था कि जब एसओजी में ट्रांसफर लेने की सिफ़ारिशें बढ़ती जा रही थीं। कुछ ही साल पहले प्रदेश में माओवाद ने अपनी आँखें खोलनी चाही थीं। एक आँख खुलते ही पुलिस ने सन्तरे का छिलका दबा दिया था उसके आगे छर्र से। अब पिरपिरा रही थी आँख उसकी। दानपुर खत्ता के जंगलों में एक माओवादी कैम्प के पर्दाफ़ाश में एसओजी की बड़ी भूमिका रही थी। ये बात पुलिसवालों से ज़्यादा माओवादी मानते थे। बाद के सालों में दक्षिण

भारत ट्रेनिंग में गए एक अधिकारी ने खुलासा किया था कि वहाँ नल्लामाला के जंगलों में एक कैम्प से एक हिटलिस्ट बरामद हुई थी जिसमें यहाँ के एसओजी के एक दरोगा का नाम कोड वर्ड में अंकित था। सुविधानुसार इसे स्वर्णाक्षरों में लिखा माना गया। रसूख़ बढ़ाने में हालाँकि इस जैसी बहुत सी घटनाओं ने पसीना बहाया था।

इन कोड वर्ड्स या कहें तो स्वर्णाक्षरों में अंकित दरोगा संजय धपोला का बारह वर्षीय नौकरी का सफ़र अनुकरणीय नहीं तो दर्शनीय अवश्य था। बारह बरस पहले जब उसने नौकरी में डरते-सकुचाते पहला क़दम रखा था तब उसकी मसें भी न भीगी थीं। अड़तालीस किलो वज़न, अट्ठाईस इंची कमर और पाँच फुट छः इंच लम्बाई वाले बच्चे जैसे नौजवान को देखकर दरोगा की परम्परागत इमेज को ज़बर्दस्त धक्का लगता था। ये वो समय था जब इस उत्तराखंड नामक प्रदेश की भी मसें न भीगी थीं। अभी जनम लेने को आतुर सूबे में माफ़ियागिरी रंगदारी के रस्ते सीढ़ियाँ चढ़ रही थी। मतलब ये कि केके की मसें भी न भीगी थीं।

प्रदेश में केके के रंगदारी गैंग का दबदबा था। किसी व्यापारी को धमकी मिलना आम बात थी। तब अपराधियों को बिना वजह वीआईपी नम्बर या इन्टरनेट कॉलिंग की ज़हमत नहीं उठानी पड़ती थी। ये भी सच है कि तब अपराधी इतने सफ़ेदपोश न थे। 'मैं केके बोल रहा हूँ' इतना सुनकर ही इधर पेशाब निकल जाती थी। वैसे केके को केके बनाने में उन सब लोगों का हाथ था जो आज उससे थरथर काँपते थे। शुरुआत में केके भी चिंदी चोर की हैसियत रखता था। ये और बात है कि जानने वाले बताते हैं कि उसके पाँव भी पालने में ही दिखने लगे थे। ठेले-खोमचे वालों से वसूली से शुरू करके धीरे-धीरे छोटे-मोटे दुकानदार उसकी ज़द में आने लगे। पेशाब निकालने की शुरुआत पार्टी के पास फँसी हुई छोटी-मोटी पेमेंट निकालने से ही हुई थी। किसी ठेकेदार ने काम कर दिया पर पैसे नहीं मिले, सामान डिलीवर हो गया पर पैसे नहीं मिले, प्रॉपर्टी बिक गई पर बिचौलिए को पैसे नहीं मिले आप केके के पास जाइए, आपका पैसा बहुत विनम्र भाव से हाथ जोड़े आपके पास पहुँच जाएगा। 'हरिया हरक्यूलिस की हैरानी' वाले हरिया की तरह केके भी नितांत समर्पित भाव से पहले इसे समाज सेवा समझ कर किया करता था। फिर उसे आम उत्तर आधुनिक एनजीओ की तरह मज़ा

आने लगा। ये बिज़नेस चलवाने का बिज़नेस था। इसमें कच्चा माल रामपुर-मेरठ-मुजफ्फरनगर से नितांत देसी स्वरूप में सप्लाई होता था। वैसे कहते हैं कि केके को नेपाल के रास्ते आधुनिक हथियार मिलने से पहेली बहेड़ी के कंट्री मेड कट्टों का शौक़ था क्योंकि एक मुठभेड़ में बरामद, जिसे कुछ लोग उसके गुर्गों की ख़ुशामद से प्राप्त हुआ भी मानते हैं, पर की गई फूलों वाली ख़ूबसूरत पच्चीकारी बहेड़ी की विशेष पहचान थी। केके के लिए थोड़ा इम्प्रोवाइज़ भी किया था उन लोगों ने। दो फूलों के बीच में एक 'के'। बरामद करने वाले पुलिस अधिकारी तो इतने भावुक हो गए इसे देखकर कि अगर और लोग वहाँ न होते तो आज वो कट्टे कोतवाली के मालखाने में जंग खाने की जगह उनके ड्राइंग रूम में तीन कीलों पर टिके अपनी क़िस्मत सराह रहे होते। कहते हैं उस पुलिस अधिकारी के नाम में भी कहीं 'के' आता था।

इस तरह से बिज़नेस चलवाने के इस बिज़नेस ने नौजवानों को सरकार से ज़्यादा रोज़गार के अवसर प्रदान किए। कच्चे माल के प्रोडक्शन के लिए जो कुटीर उद्योग डाकुओं की प्रजाति के लुप्त होने की वजह से मृतपाय होने लगे थे, उन्हें पुनः सर्वाइवल पैकेज सा मिल गया था। ठोंकने-पीटने, अपहरण-हत्या के लिए ह्यूमन रिसोर्सेज़ के रूप में नौजवानों के लिए नए दरवाज़े खुल गए थे। कुछ तो उस दरवाज़े से घुस, जाने कौन सी भूल-भुलैयाँ पार करते हुए सीधे विधानसभा-ब्लॉक-ग्राम पंचायतों में निकले। कुछ अलाना-फलाना-आशियाना कोलोनाइज़र्स एंड डेवलेपर्स या माँ अम्बे-जगदम्बे स्टोन क्रशर जैसे बड़े-बड़े शीशे वाले ऑफ़िस में तो कुछ सीधे ऊपर निकल लिए। मतलब पुलिस या दूसरे गैंग के साथ एनकाउन्टर में मोक्ष को प्राप्त हुए। पुलिस को भी रोज़गार प्राप्त हुआ।

केके ने पुलिस को एक बड़ा रोज़गार देने की कोशिश की। उसने लकड़ी के एक व्यापारी से फ़ॉरेस्ट का एक ठेका छोड़ने के एवज में दस लाख की माँग रखी। बड़ी रक़म थी। व्यापारी ने देने से मना कर दिया। उसने व्यापारी को उठा लिया। लेकिन पुलिस को बिठा नहीं पाया। आख़िरकार पुलिस ने व्यापारी को छुड़ा लिया। केके के कई आदमी अन्दर हो गए। उस पर भी दबाव बढ़ने लगा। वो नेपाल के रास्ते प्रदेश ही नहीं देश से ही निकल गया। सुनते हैं आजकल पूर्वी एशिया के किसी देश में मसाज करवा रहा है। उसके

गुर्गे हालाँकि अब भी लगे हुए हैं। फ़ोन अब भी आते हैं 'मैं केके बोल रहा हूँ' वाले लेकिन अब पेशाब नहीं निकलता किसी का।

इस पूरे प्रकरण के पटाक्षेप में एसओजी का लंबा हाथ था। एसओजी के शुरुआती दिन थे। अभी तो उसकी मसें भी भीगनी थीं। भीगीं भी। ऐसा भीगीं कि रसदार हो गईं। सुनते हैं, ये वही कहते हैं जो एसओजी की नई-नई सफलताओं के साए तले रहना तो चाहते हैं लेकिन तकनीक से हाथ नहीं मिलाना चाहते, कि नैनीताल एसओजी ने एक सेक्स रैकेट पकड़ा। उसी तकनीक के सहारे जिसे पुलिस अब भी सात तालों में छुपा के रखना चाहती है और जो अब इतनी जग जाहिर है कि अख़बार की हेड लाइन में भी शुमार है 'पुलिस लगी हुई है फलाने के फ़ोन नम्बर की सीडीआर खंगालने में, अब तक हासिल कुछ नहीं' और कल के लौंडे भी आपस में डिस्कस करते हैं 'अबे आई पी एड्रेस से लग रिया है ओ तो इंडियन हईच नईं।' पकड़ना-छोड़ना तो पुलिस का लगा ही रहता है। इस मामले में पुलिस-अपराधी के सम्बन्ध राधा-कृष्ण के बराबर हैं। लेकिन इस बार पुलिस ने सेक्स रैकेट की (बैड)मिन्टन, मुख्य दलाल मौसी को ही छोड़ दिया। वैसे उसे छोड़ना मजबूरी ही थी क्योंकि वो मुँहफट महिला अनेक सफ़ेदपोश अधिकारियों-नेताओं-पत्रकारों का नाम धड़ल्ले से ले रही थी जो उसके रेगुलर कस्टमर थे। रेगुलर कस्टमर उसे चुप कराने से लेकर उसे छोड़ देने तक, धमकी से लेकर पैसे तक हर चीज़ के लिए तैयार बैठे थे।

व्यापारी तबीयत के एक दरोगा, जो कुछ दिनों पूर्व ही एसओजी में घुसे थे, को यह विशुद्ध मुनाफ़े वाली चीज़ रास आ गई। उसने कुछ ही दिनों बाद मौसी को बिज़नेस पार्टनर बना कर नारियल फोड़ दिया। मौसी कस्टमर के साथ कमरे में और दरोगा जी दरवाज़े के पास लाइट्स, रोल कैमरा, एक्शन के इंतज़ार में। थोड़ी ही देर बाद फ़िल्म 'लिख देंगे एफआईआर' से शुरू होकर 'बख्श दो न यार' से होते हुए 'निपटाओ...पचास हज़ार' तक आकर ख़त्म होती थी। बात यों खुली कि मौसी की हैसियत बैडमिन्टन से शटल कॉक तक आ गई। उनकी शेयरहोल्डिंग कम होने लगी। फिफ्टी-फिफ्टी की जगह फाइव तक आ गया मामला। लेबर इंटेंसिव इंडस्ट्री में टेक्नीक ने अनट्रेंड लेबर को साइड लाइन करना शुरू कर दिया। पहले तो मौसी ने अपनी माँग रखी प्रतिशत बढ़ाने की, फिर कोशिश की कि काम रोक कर हड़ताल की जाए। जब इनसे

भी बात न बनी तो मौसी ने हम तो डूबेंगे सनम, तुमको भी ले डूबेंगे मार्का मूड में ऊपर शिकायत पहुँचा दी। जाँच हुई, जैसी होती है। एसओजी भंग हुई, जैसे होती है। फिर बनी, जैसे बनती है। नए लड़कों को लेकर। सुना है इस इंडस्ट्री का लाइसेंस बाद में पत्रकार बन्धुओं ने ले लिया था।

वो मोबाइल फ़ोन के बेहद शुरुआती दिन थे। पीसीओ उफान पर थे। एल्काटेल के काले चोगे ड्राइंग रूम में पैठ बना चुके थे। पड़ोसी के घर दूध-चायपत्ती की तरह रिश्तेदारों के फ़ोन आने पर बुला लाने की आत्मीयता परखी जाने लगी थी। एक दशक पहले जो टीवी घर लाने में अव्वल रहे थे अब फ़ोन लाने में भी अव्वल रहने लगे थे। एक दशक पहले जो टीवी देखने पड़ोसी के घर जाने में ह्यूमिलियेट फील करते थे अब फ़ोन सुनने जाने में करने लगे थे। रात नौ के बाद कॉल रेट आधी हो जाती थीं और लाइन बिजी। रीडायल का 'R' घिस-घिस कर 0 में बदलने लगा था। यही वो दिन थे जब ऊषा और रिलायंस ने हाथों में मोबाइल सेट पकड़ाने शुरू कर दिए थे। ग्राहक कम थे इसलिए पुलिस को कॉल डीटेल निकालने और अपराधियों का नम्बर पता करने में आसानी थी। 'मैं केके बोल रहाँ हूँ' का पूरा भूगोल, अर्थशास्त्र और नागरिक शास्त्र आसानी से मिलने लगा। पुलिस की पकड़ मजबूत हुई और केके जैसों को भागना पड़ा।

इस पूरे बदलाव में धपोला की मसें न केवल भीगी थीं, बल्कि चटचटा गई थीं। बिलकुल मलाई से सराबोर। वर्दी से ज़्यादा रोबदाब सादे कपड़ों का हो गया था। लिसनिंग नामक जादू के जरिये धपोला अपराधियों के साथ-साथ रसूख़दार लोगों के बेहद अन्दरूनी कमरों में पहुँच चुका था। केस वर्क आउट करने से लेकर एनकाउंटर तक, धपोला हर मर्ज की दवा था। दवा के साइड इफ़ेक्ट्स भी थे। धपोला दो बच्चों का बाप हो चुका था। परिवार से प्यार भी भरपूर करता था। लेकिन उसके पास थोड़ा प्यार बच जाता था सो उसने एक माशूका बनाई। तो अब आती है वो घटना जिसके लिए इतनी बड़ी भूमिका बाँधी गई है।

एक दिन धपोला किसी छोटे से अपराधी को धमकाने के लिए पिस्टल अपनी उँगलियों में नचा रहा था। थाने के पिछवाड़े एक पुराना रंगहीन-गंधयुक्त-स्वादहीन कमरा था जिसे एसओजी ने अपना कार्यालय कम इन्टेरोगेशन रूम बना रखा था। धपोला और उस अपराधी के अलावा उस कमरे में एक

और दरोगाजी थे जो लिखा-पढ़ी के एक्सपर्ट माने जाते थे हालाँकि अपना लिखा वो ख़ुद नहीं पढ़ पाते थे। इस समय पिस्टल अपनी बाईं जाँघ पर रख कुर्सी पर बैठा धपोला बाएँ हाथ में थामे फ़ोन को दाहिने कान में लगा माशूका से वार्तारत था क्योंकि लगभग फुसफुसाहट में बोल रहा था और दाहिने हाथ से पैंट की बाईं जेब से दूसरा मोबाइल निकाल रहा था जिसकी बेल 'सृष्टि से पहले सत नहीं था' जैसा कुछ बजा रही थी। फ़ोन निकाल उसने बाईं तरफ़ गर्दन झुका कर देखा तो शायद उधर से पत्नी का फ़ोन था। उसने फुसफुसाहट में 'एक मिनट बाद करना हाँ' जैसा कुछ माशूका से कहा और बाएँ हाथ के फ़ोन को दाहिनी जाँघ पर रखते हुए दाहिने हाथ से फ़ोन को स्लाइड कर बाएँ कान पर लगा लिया। एक मिनट तक पत्नी कुछ बताती रही और धपोला सुनता रहा। बीच में हाँ-हूँ होने की वजह से लग रहा था कि फ़ोन अभी कटा नहीं है। ठीक एक मिनट बाद दाहिनी जाँघ का फ़ोन बजने लगा। अब धपोला ने 'ठीक है...ठीक है...ठीक है'...तीन बार जल्दी-जल्दी कहा और दाहिने हाथ को जल्दी से नीचे लाते हुए बाएँ हाथ से बाईं जाँघ से उठा क्लिक कर दिया।

धाँय! बाईं जाँघ पर तो रिवॉल्वर थी! गोली कान की पट्टी पर एक और पट्टी बनाती हुई निकल गई। बाद में माशूका ने भी कन्नी काट ली। कान कट गया लेकिन नाक बच गई। जान बची पर लाखों गंवाए, इलाज में।

'कमरे के अन्दर हुआ क्या' का ये वो स्टैण्डर्ड वर्ज़न था जो 'उजली मुस्कुराहटों के बीच' पुलिस में अन्दरखाने चलायमान था। एक 'टेढ़ी भौहों के बीच' वाला वर्ज़न भी था जिसमें दाहिने-बाएँ का खेल तो वैसा ही था लेकिन गोली पिस्टल की जगह देसी कट्टे से चली बताते थे और ये भी बताते थे कि चूँकि लिखा-पढ़ी में देसी कट्टा नहीं ला सकते थे, इसलिए एक गोली बाद में पिस्टल से हवा में चलाई गई थी और लिखाई में ये बात आई कि पिस्टल की सफ़ाई के वक़्त ग़लती से गोली चल गई। इस बात की तस्दीक ये बात भी करती थी कि उसी दिन, जिस दिन पिस्टल वाली गोली चली थी, एक सिपाही कन्धे पर गोली से घायल होकर अस्पताल पहुँचा था। कहते हैं कि उसी कमरे से बाहर गोली हवा में चलाने का प्रयास था जो जाने कैसे दीवार पर लगी और रिकोचिट (रिकोशे) होकर सिपाही का कन्धा छील गई। कट्टे की गोली से पिस्टल की गोली में तरमीम होने का नायाब तरीक़ा उन्हीं लिखा-पढ़ी एक्सपर्ट दरोगा जी ने सुझाया था।

कुल मिलाकर ये वो समय था जब अपराधी अब रिवॉल्वर से ज़्यादा अपने ही मोबाइल से घबराने लगे थे।

''टन्न टन्न टन्न।''

समय मापने के सबसे सतही, ठस्स और अतार्किक तरीक़े ने, यानी घड़ी ने, ये घोषणा की कि तीन बज चुके हैं। पहरा बदली का समय हो चुका है। सभा विसर्जित करने का समय हो चुका है। प्रेमिका से फुसफुस प्रेम प्रदर्शन का समय हो चुका है। ये तीनों तर्क क्रमशः पहरे में लगे होम गार्ड राम स्वरूप, सीओ साहब और कॉन्स्टेबल नवीन नौटियाल को कौंधे और इस कौंध में घड़ी का योगदान मात्र वो तीन टन्न थे।

''चलो भई...अब बैठने का कोई फ़ायदा नहीं...सुबह सब जल्दी अपने-अपने काम पर लग जाएँ।'' सीओ साहब ने बैठती जम्भाई पर कुर्सी से उठते हुए आदेश दिया। आपकी आज्ञा सर आँखों पर वाली मनोदशा में सर पर बैरेट और आँखों में नींद चढ़ाए मातहतों ने झटपट रिस्पांस दिया और विसर्जित हो लिए।

धारा 1 *

पुलिस अपनी व्यवस्था स्वयं करेगी।

दृष्टान्त

'क' एक पुलिस अधिकारी है उसे ऊपर से फ़रमान आता है कि एक सप्ताह तक मुस्कान दिवस मनाया जाना है जिसमें प्रबुद्ध जनों की बैठकें आदि करवानी हैं। इसके लिए बजट की व्यवस्था इसी धारा के अन्तर्गत की जाती है।

'क' एक पुलिस अधिकारी है। उसे कार्यालय के नाम पर दो कमरों का एक पिंजड़ा किसी अन्य विभाग की महती अनुकम्पा पर मिला है, जिसे प्राप्त करने में भी लोकल लाइजनिंग के स्वरूप में इसी धारा का प्रयोग हुआ है, उसे सीलन और दीमकों से अस्थायी निजात दिलाने में भी इसी धारा का प्रयोग होना है।

'क' पुलिस का एक अधिकारी है। माह के तेईसवें दिन उसकी सरकारी खटारा को आवंटित तेल का कोटा समाप्त हो जाता है, अगले सात दिन वो इस धारा के अन्तर्गत कार्य करेगा।

अपवाद

'क' थाने का भारसाधक अधिकारी है उसे 'ख' जो कि न्यायालय में पेशकार के बग़ल वाली ऊँची कुर्सी पर बैठकर हस्ताक्षर करता है, अपने बच्चों को दिल्ली दर्शन कराने हेतु गाड़ी की व्यवस्था करने को कहता है तो यह व्यवस्था 'अपनी' के अपवाद के अन्तर्गत आती है।

4

सुबह-सुबह हेड मुहर्रिर ने नेम प्लेट के दाहिने बाजू लगी घंटी दबाई जिसने जहाँगीर के घंटे से थाने की घंटी तक का सफ़र तय करने में संगीत के सभी रागों का आस्वादन कर अब राग रुदन पर स्थायी लिया था।

दिनकर साह

थानाध्यक्ष

थाना : सरायपोख्ता

थाना एक बड़े चुम्बक की तरह होता है। विपरीत गुणों वाले ध्रुव आकर्षित होते हैं और समान धर्मा ध्रुव दूर फेंके जाते हैं यहाँ। थानेदार साहब का कमरा और हवालात विपरीत ध्रुवों पर स्थित होते हैं। मालखाना और हेड मुहर्रिर का कमरा यानी थाने का घोषित कार्यालय बीच में पड़ते हैं जो सामान्यत: न्यूट्रल पार्ट होता है थाने का। यहाँ से बहुत सी रेखाएँ निकलती हैं जो गोल घूमकर वापस आ जाती हैं। यहाँ थाने में एक हवालात जनाना भी था जो आम थानों की तरह स्टोर में तब्दील हो चुका था। उच्चतम न्यायालय की ताक़ीद बहुत गम्भीरता से लेने की वजह से अब महिला अभियुक्तों को यहाँ बन्द नहीं किया जाता था। कुछ थानों ने उस ताक़ीद को रीडिंग बिटवीन द लाइंस करते हुए पिछले वाक्य से 'यहाँ' शब्द भी ग़ायब कर दिया था। हालाँकि न्यायालय ने ऐसा नहीं कहा था। थाना सरायपोख्ता एक थाने के जैसा ही था।

थाना हाईवे पर था और इसलिए हाईवे अहाते में। हाईवे गाँवों में विकास लेकर आता है और थानों में मलबा। पूरा अहाता यहाँ मालखाने में तब्दील हो चुका था। सैकड़ों टूटे-फूटे एक्सीडेंटल दुपहिया, तिपहिया, चारपहिया और अपहिया वाहन रोते-बिलखते अपनी क़िस्मत को कोसते यहाँ बिखरे पड़े थे। किसी अधिकारी के मुआयने से पहले वाहनों पर मुकदमा अपराध संख्या, धारा, वर्ष आदि की चिप्पियाँ चिपकाई जाती थीं जो पुराने माल को नई

ब्रांडिंग के साथ बेचने के जैसा लगता था। एक ही वाहन पर बहुत सी चिप्पियाँ थीं जो इस बात का प्रमाण थीं कि एक तो इस तरफ़ के उच्च अधिकारी भी थाने की तरह ही खलिहर टाइप थे और बार-बार मुआयने की प्रैक्टिस करते रहते थे और दूसरा यह कि यहाँ के कोर्ट ने 'तारीख़ पे तारीख़, तारीख़ पे तारीख़' को अमली जामा पहनाया था। वाहनों के ज़रूरी पार्ट्स पार हो चुके थे और खंखड़ ढाँचा चूहों, कीड़े-मकोड़ों की ऐशगाह बन चुका था।

परिसर में पीछे की तरफ़ कर्मचारियों के लिए आवासीय परिसर था जहाँ कुछ लोग बरसों से रहते आए थे और कुछ लोग बरसों से इंतज़ार करते। कुछ टाइप-टू के आवास नए बने थे जो पुराने जैसे दीखते थे। कुछ पुराने आवास थे जिन्होंने आवास की तरह दिखना बन्द कर दिया था। इस बन्दी से पहले शायद कभी उन पर पीला रंग चढ़ाया गया था क्योंकि अब उन पर ओस्टवाल्ड चक्र के अनुसार उसका विपरीत रंग दिखने लगा था। ये रंग भी वैसे उन्हीं लोगों को दिखता था जो बरसों से इंतज़ार वाली कैटेगरी के थे। प्रकृति की कलाबाजियाँ दीवारों पर लम्बवत उगे और ऊर्ध्वाधर चढ़ रहे पीपल के पेड़ों में यहाँ देखी जा सकती थीं। आदमी की कलाबाजी इसी बात में दिख जाती थी कि वो इस घरिया लाइन की 'आ—वास करके दिखा' जैसी चुनौती को सुविधा समझ उन घरों जैसी चीज़ में रह रहा था।

चौंकाने वाली चीज़ लेकिन ये थी कि थाने में मंदिर नहीं था। एक मज़ार ज़रूर थी जिस पर लोगों की, जैसी कि रहती आई है, अपार श्रद्धा थी। ज़्यादा चौंकाने वाली बात ये भी थी कि कभी उस मज़ार पर सुल्ताना डाकू आया करता था। लेकिन सबसे ज़्यादा चौंकाने वाली बात थी कि सुल्ताना ने कभी उस थाने को नहीं लूटा। सुल्ताना जिसने तीन सौ से ज़्यादा डकैतियाँ कीं, न जाने कितने ख़ून किए, जो अंग्रेज़ पुलिस अधिकारियों के लिए बहुत बड़ा सरदर्द बन गया था। वो यहाँ आता था और मत्था टिका के चुपचाप चला जाता था। बिना लूटपाट किए। ये बीसवीं सदी के पहले-दूसरे दशक की बात होगी शायद। क्योंकि कहते हैं कि सन 1924 में ही उसे हल्द्वानी जेल में फाँसी दे दी गई थी।

बहुत सी किंवदन्तियाँ थीं इसके पीछे। जो सबसे ज़्यादा प्रचलन में थी उसे मिसिर जी अपनी मिश्रित भाषा में बड़े चाव से सुनाते थे, ऐसे कि जैसे सबकुछ इनकी आँखों के आगे ही हुआ रहा हो।

"भांतू रहा भांतू! सुल्ताना! रहा तो एकदम मिरगिल्ला लेकिन हिम्मत, आह! जबरदस्त! कभौं मुरादाबाद पोस्टिंग नाय रही न, नहीं तो भंतुअन को जान जाते आप। अटैची चोरी से कच्ची खींचने तक के हर अपराध। और महिलाएँ ऐसी कि ओफ़फ़ोफ़फ़।" इसके बाद मिसिरजी किसी पुराने दरोगा की तरफ़ मुस्कुरा के देखते।

"अरे साहब चिपट जाती हैं अगर कभी इनके आदमियों को उठाने जाओ। ऐसी जगह पकड़ती हैं कि ओफ़फ़ोफ़फ़।'

आगे की कहानी पूरण राम उठा लेते थे जिसका मज़मून ये था कि रायबहादुर के साथ आया था सुल्ताना उस दिन। चेतक घोड़े से तो चलता ही था। आप कहेंगे रायबहादुर कौन? रायबहादुर कुत्ता था उसका। बहुत वफ़ादार। कहते हैं जब भी शिकार पर निकलता था सुल्ताना, ये शिकारी कुत्ता भी साथ रहता था परछाईं की तरह। उस समय ठंड के दिन थे। रात हुई–हुई सी थी। जंगल के मुहाने एक जगह रुक कर सुल्ताना अपने साथियों के साथ किसी गाँव को लूटने की योजना बना रहा था कि कोई पुलिस अधिकारी जो कई दिन से उसका पीछा कर रहा था, उसकी रेड पड़ गई। सुल्ताना के कई साथी मारे गए, उसको भी भागना पड़ा। भागते–भागते वो यहाँ सराय पोख्ता थाने तक आ गया। यहाँ थाने के मालखाने में थी ये मज़ार पीर बाबा की। वो उसी में घुस गया। कहते हैं वो पूरी रात और दूसरे दिन साँझ तक वहीं छिपा रहा। पुलिस वाले उसे ढूँढ़ते रहे। बाद में आराम से बचकर निकल गया। एक तरह से मौत से बचा। नहीं तो मरने से चार–पाँच साल पहले ही मार दिया गया होता। तब से लेकर अपने पकड़े जाने और फाँसी पर लटकाए जाने तक कहते हैं कि वो अक्सर यहाँ पीर के दर्शन को आया करता था। उसने कभी इस थाने को लूटा भी नहीं वरना तो थाने उसके हमेशा टारगेट में रहते थे। पहले इसी वजह से मज़ार को वहीं रहने दिया गया था। कम से कम एक थाना तो सुरक्षित था उसके प्रकोप से। वो तो बहुत बाद में थाने की जब नई बिल्डिंग बनी तो मालखाना दूसरी जगह शिफ़्ट कर दिया गया। मज़ार यहाँ आज भी है। हर गुरुवार को आस–पास के गाँवों के लोग आते हैं, और सालाना उर्स में तो बहुत ही भीड़ होती है यहाँ। और सर एक कारण यही है कि सालाना उर्स तो लगभग पुलिस ही कराती है।

"जय हिन्द सर...सर एक आर टी है, कल शाम की थाना भोजीवाला से।"

"हूँ...क्या है?" अगला 'हूँ' पिछले 'क्या है' से अलग था और झुंझलाया हुआ था। लेकिन एसओ साहब कल के मर्डर के बाद अपने झुंझलाने का हक़ खो चुके थे। वैसे भी रात-दिन किसी भी समय पुलिस को डिस्टर्ब किया जाना नामक कुछ नहीं होता। इसलिए झुंझलाहट पर काबू पाते हुए लेटे-लेटे ही बोले, "क्या लिखा है भाई?"

"गुमशुदगी है सर एक चालीस साल के आदमी की।"

"अच्छा...ओह्ह" इतने झटके से उठे एसओ साहब कि पीठ का दर्द मुँह के रास्ते पूरे फेशियल एक्सप्रेशन के साथ निकला।

फ़ील्ड पोस्टिंग में कुछ चीज़ें किट के साथ मिलती हैं, जिनमें बीपी, शुगर और कभी-कभी रीढ़ की हड्डी में दर्द शामिल है। वैसे कहा तो ये जाता है कि रीढ़ का दर्द उसी को होता है जिसने अपनी रीढ़ बचा रखी है। सराय पोखरा जैसे थाने में ये होना स्वाभाविक है क्योंकि यहाँ की सरकारी गाड़ी जब तक अपने ढीले अंजर-पंजर का सवार के अंजर-पंजर से मिलान नहीं करवा लेती उसे चैन नहीं मिलता। वैसे इस गाड़ी को पहले पुलिस अधीक्षक ग्रामीण साहब को अपना सवार बनाने का मौक़ा मिला था। कुल पाँच सालों तक ये उनके पास रही और जब कप्तान साहब, जिन्हें नई गाड़ी आवंटित होने पर उन्होंने अपनी अम्बेसडर इन साहब को दे दी, तब जाकर ये सीओ साहब के खाते में आई। वहाँ भी इसे तीन सालों का गुरूर हासिल रहा। फिर इसी नई-पुरानी के पैटर्न को फॉलो करते हुए ये पिछले साल ही इस थाने तक पहुँची थी। हॉर्न के अलावा गाड़ी का सबकुछ बजता था।

'ये केस सॉल्व हो तो दो-तीन दिन की छुट्टी लेकर इलाज करवाता हूँ।' सोचते हुए एसओ ने काग़ज़ के उस निरीह टुकड़े को लगभग छीन ही लिया जिस पर ये सूचना लिखी थी।

निरीह इसलिए क्योंकि ये काग़ज़ भी बिना बजेटरी प्रोविज़न के आता था। थाने के लगभग हर उस आवश्यक रिसोर्स की तरह जिसका आधार थानेदार के रसूख़ पर निर्भर था। अधिकारियों की बैठक या जनता के साथ मीटिंग में नाश्ता-पानी, बिजली-टेंट, दिनभर पत्रकारों की चाय जैसे कितने ही ख़र्चे थे जो थाना हवा से निकाल लेता था। इसमें वो ख़र्चे नहीं हैं जो चिराई नाश (लाश की अंतिम क्रिया के लिए धन) या अभियुक्त की ख़ुराक

के नाम पर आते थे और जिनकी मात्रा इतनी होती थी कि अगर उस पर निर्भर रहती पुलिस तो लाश को रूमाल में लपेटकर भेजती या मुल्जिम को प्रसाद भर खिलाकर चरणामृत भर पिलाकर हवालात में मंदिर में आने जैसी फ़ीलिंग देती। वाटर ऑफ़ इंडिया की तरह ये जादू भी कभी ख़तम होने वाला नहीं है। अगर कोई सरफिरा थानेदार उलट जाने की कोशिश करता तो उसे आईपीसी से लेकर पुलिस एक्ट तक की सभी कानूनी किताबों में ये अलिखित धारा पढ़ा दी जाती कि नॉटविथस्टैंडिंग एनीथिंग कन्टेड इन दिस कोड पुलिस शैल अरेंज ईच एंड एवरी रिसोर्स ऑफ़ नेसेसिटी बाई इट्स ओन। ये धारा भी बड़ी इलैस्टिक साबित हुई थी और पीस कमेटी, सीएलजी (कम्युनिटी लाइज़निंग ग्रुप) से होते हुए अब ये गाँव अडॉप्ट कर लेने भर की क्षमता हासिल कर चुकी है।

"कितने बजे की है गुमशुदगी...कब लिखाई है?"

हेड मुहर्रिर ने एन आर, जी आर समय पर नज़र फेंकते हुए कहा, "सर कल रात की है आठ बजे की।"

"अरे यार ये लाश तो क़म से कम दो दिन पुरानी लग रही थी, उनके आदमी की कैसे होगी?" चेहरे पर निराशा फेरते हुए सीओ साहब ने कहा।

हेड मुहर्रिर ने दुबारा आशा फेरी "नहीं सर, ये लोग भी यही लिखाए हैं कि सत्यभान उर्फ़ भानू, खोने वाले का नाम है, दो दिन से घर वापस नहीं आया, नाते-रिश्ते में ढूँढ़-खोज कर रहे थे, नहीं मिला तो अब थाने पर आकर सूचना दर्ज करा रहे हैं।"

"बुलवाओ घर वालों को...मोर्चुरी भिजवाओ।" एसओ की आँखें चमक उठी थीं।

"सर चन्दन को सुबहिएँ भेज दिए थे...वो लोग शिनाख़्त नहीं कर रहे हैं हम सोच रहे हैं कि उनको थाने ही बुला लें ज़रा कपड़ा-उपड़ा दिखाते हैं।" हे. मु. ने एसओ के उत्साह पर पानी फेंक दिया। एसओ ने मुँह पर छींटे मारे और अन्दर चला गया।

एसओ यानी कि थानेदार साहब, यानी कि स्टेशन ऑफ़िसर, यानी कि स्टेशन हाउस ऑफ़िसर, एसएचओ से एक सीढ़ी नीचे, एक पायदान कम। एसओ दिनकर साह, उम्र लगभग चालीस, मध्यम कद, मजबूत काठी, रंग गोरा, शरीर दरमियाना। अगर दूरदर्शन के गुमशुदा तलाश केंद्र, कॉपरनिकस

मार्ग, दिल्ली के लापता वाले कॉलम में दिनकर साह की डीटेल होती तो ऐसी ही होती जिससे कुछ भी निश्चित तौर पर न पता चलता। वैसे इतने दिन पुलिस की नौकरी करने के बाद किसी के भी इतिहास के बारे में निश्चित जानने के बाद भी निश्चित तौर पर कहने में शंका होने लगती है। दिनकर चमोली का रहने वाला था लेकिन चमोली अन्य पहाड़ी ज़िलों की तरह ही वहीं की रहने वाली नहीं थी। वो अपने माइग्रेटेड बाशिंदों के साथ दिल्ली, देहरादून, हल्द्वानी, मुम्बई जाती रहती थी और भूमंडलीकरण के नारे 'थिंक ग्लोबल एक्ट लोकल' वाले दावे की आज़माइश उलट-पुलट कर होती रहती थी।

वैसे ये माइग्रेशन नब्बे के दशक का नहीं था बल्कि उसके बहुत पहले से पहाड़ी दुरूह ज़िले अपनी जवानी सरहद और मैदान पर लुटाते रहे हैं लेकिन एक्ट लोकल के तहत घर वापसी, वापसी जैसी नहीं लगती थी क्योंकि घर-बाहर की विभाजक रेखा बहुत हलकी थी। कह सकते हैं कि दिनकर देहरादून के अन्दर और चमोली दिनकर के अन्दर रहते हुए भट्ट की चुड़कानी और रस भात से इतर 'मैगी मेरी प्रियतमा' गाने लगी थी। ये 2015 से पहले का साल था ज़ाहिर है बैन-वैन जैसा कुछ नहीं था।

''उम्र चालीस की थानेदार बनने की नहीं होती'', ऐसा यूपी के ज़माने के पिलपिलाए थानेदार कहा करते थे। पिलपिलाते वो थे जो एमई, एडवर्स (चरित्र पंजिका में मिस्कंडक्ट प्रविष्टि) झेलते-झेलते दरोगा के दरोगा ही रह गए। ''जनाब वहाँ तो जूतियाँ घिस जाती थीं साहिबान की चिरौरी करते-करते तब जाकर कहीं इंचार्जी मिलती थी। यहाँ तुम लोग कल के लौंडे...।'' लाल ठसकदार बूट साहब के आगे जूती में कैसे तब्दील हो जाते थे, ये भी बताया था। ''एक बार कप्तान साहब थाने पर आये और एसओ साहब बस इस बात के लिए लाइन हाज़िर हो गए कि साहब को जो सलामी शस्त्र की कार्यवाही हुई उसमें सलामी देने के लिए लगे दरोगाजी ने सलामी के बाद बाजू शस्त्र की जगह कन्धे शस्त्र करा दिया। फ़ाइल खुल गई अलग से।''

कुछ ऐसे कोतवाल भी थे जो अब डिप्टी बनने की राह पर थे उनकी कहानी थोड़ी अलग होती थी। ये आउट ऑफ़ टर्न प्रमोशन वाले थे। किसी ने पश्चिम के डाकुओं से लोहा लिया था तो किसी ने लूट के तीन आरोपियों को मार गिराया था। इनकी कहानियों में सारा एनकाउंटर लाइव था, एक्सीडेंटल

वाला। "अरे साहब, अट्ठारह दिन तक जंगलों में पड़े रहे पीलीभीत के। डकैती पड़ी थी झनकईया में। साले जाते-जाते दो को दाग़ गए थे। डकैती प्लस मर्डर। वो भी एक ज़माना था साहब, तब तो आम बात थी ये सब, अब कहाँ रहा वैसा क्राइम। अट्ठारहवें दिन की शाम को पता चला कि आज मुडैना आने वाला है गैंग। हम घात लगाकर लेट गए जंगल में। रात तीन से चार बजे के बीच कुछ लोगों के आने का आभास हुआ। अच्छा ऐसे में, जल्दबाज़ी नहीं करनी चाहिए। हमारे साथ मिर्ज़ापुर का एक सिपाही था खिलोधर मिसरा, उसने उसी समय अपनी रायफल कॉक की। रात में तो साली साँस लेने पर भी आवाज़ होती है। उन्होंने सुन लिया बस्स धाँय-धाँय फ़ायर झोंक दिया हमारी दिशा में। हमारे साथ जो थे उनको काटो तो ख़ून नहीं। मेरे पास पिस्टल थी तीन-चार राउंड फ़ायर किया। फिर अपने साथ वालों को गरियाया कि सालों जब...में दम नहीं है तो यहाँ क्या...मराने आए हो। फिर सालों को जोश आया और इधर से भी फ़ायरिंग शुरू हुई।

आधे घंटे तक तो उधर से रह-रह कर फ़ायर होता रहा फिर शांत हो गया। हमने कहा तुम लोग कवर करो हम आगे जा रहे हैं। साले हूँ-हूँ करते रहे लेकिन पता था साले कितना कवर करेंगे। अकेले हम रेंगते हुए आगे बढ़े। अच्छा जंगल में, कितना सँभालो खर-पतवार से आवाज़ हो ही जाती है। डकैत भी समझ गए और अचानक भागे बहन... । हमने भी पीछे से दौड़ लगाई और दूर से ही दो को ठाँय! एक पहले ही मर गया था। एक की लाश तो ढाई किलोमीटर आगे एक नाले में मिली सुबह। पूरी टीम को गैलेंट्री मिली थी। हमें प्रमोशन भी। यहाँ तो इस प्रदेश ने ये आउट ऑफ़ टर्न प्रमोशन वाला सिस्टम ही ख़तम कर दिया नहीं तो कब का हम डिप्टी हो गए होते। वो भी एक ज़माना था साहब, हमारी पेशाब से चराग जला करते थे। अब कहाँ रही वो ठसक!" ये 'हम' वाली कार्यवाही उसी एनकाउंटर में अलग-अलग सबने की होती थी।

दिनकर गढ़वाल डिग्री कॉलेज से पूरा स्नातक और आधा परा-स्नातक करके निकला था। परास्नातक पूरा होने से पहले ही दरोगा की वैकेंसी आ गई थी और छुट्टियों में पीसीएस की तैयारी के लिए इलाहाबाद का चक्कर लगाने की जगह फुटबाल ग्राउंड के आठ चक्कर तीस मिनट में लगाने की क़वायद शुरू हो गई थी। लगभग दस साल की नौकरी ने उसका स्नातकपना तो छीन

लिया था लेकिन अभी भी कहीं-कहीं परा का आधा अटक जाता था। ख़ासकर उन मौक़ों पर जब बे-सिर पैर के तुगलकी फ़रमान दिए जाते थे, जैसे कि वाहन चेकिंग के दौरान अगर कोई लड़का बिना हेलमेट मिले तो उसका एमवी एक्ट में चालान मत करो उसे उसी के पैसे से एक हेलमेट ख़रीद कर लाकर दो, गुलाब का फूल दो, उसे उसके घर तक भिजवाओ और उसकी माँ को 'मॉम अगेंस्ट मोटरबाइक्स' जैसे कैम्पेन में शामिल होने के लिए मनाओ। "आख़िर किस धारा में?" दिनकर का मासूम सवाल होता था। "दरअसल इन वायरल वीडियो ने तो नाक में दम कर रखा है।" उसी का जवाब होता था।

उसकी एक बीवी, दो बेटे और एक नीली मारुती जेन कार थी। कार का ज़िक्र इसलिए क्योंकि अभी वो उस आर्थिक स्थिति में नहीं पहुँचा था जिसमें पोंटी चड्ढा के धन्धों में लगे उसके पैसों के हिसाब वाली नीली डायरी उसे सबसे अज़ीज़ हो जाए। ये उसकी दूसरी इंचार्जी थी।

इंचार्ज साहब डिस्चार्ज रूम में घुस गए। और इसके लिए उन्होंने हेड मुहर्रिर के जाने का इंतज़ार नहीं किया जो उनकी जाती हुई पीठ पर तीन बार सैल्यूट दाग चुका था।

धारा 2 *

सबूत और गवाह दो बहुरूपिये होंगे।

दरअसल ये दो कन्धे होंगे जो कूल्हों की तरह इस्तेमाल होकर पहलू बदलने के काम आएँगे। जो कभी किसी के काम आएँगे कभी किसी के। और अन्त में किसी की लाश ढोने के काम आएँगे।

5

एसओ कार्यालय

थाना : सरायपोख्ता

नहा-धोकर जब वो अपने थाना कार्यालय में घुसा तो वहाँ सीओ साहब पहले से ही धमक चुके थे। चाय पी रहे थे। सीओ साहब उन सीनियर्स की तरह नहीं थे जो थाने पर धमकते ही बमकते हों कि "एसओ कहाँ मर गया मैं इतनी देर से यहाँ बैठा हूँ।" उनके पसीने में कुछ नमक अभी बाक़ी था इसलिए कूल थे। अख़बार में कल की घटना पढ़ रहे थे या घटनास्थल पर का अपना फ़ोटो देख रहे थे, कुछ कहा नहीं जा सकता था। एसओ को आते देखते ही उतने ही ठंडेपन से कहा, "ऐसा करो कल जिस जिस टीम को भेजा था एक बार सबको बुलवा लो। अभी फ़ीडबैक लेकर फिर काम पर लगते हैं। सबसे पहले एसओजी से बात करते हैं...हाँ भई बताओ क्या लग रहा है?"

अभी पोस्टमॉर्टम हुआ नहीं था क्योंकि शिनाख़्त नहीं हुई थी और क़ायदे के अनुसार बॉडी को बहत्तर घंटे मौर्चुरी में रखना अनिवार्य था। पुलिस अपनी श्रद्धा से हत्या के समय का अनुमान लगा रही थी। एसओजी कांस्टेबल नवीन ने कुछ नम्बरों पर शक़ ज़ाहिर किया था। उनकी लोकेशन हत्या के अनुमानित समय पर उस दिशा में जाने की थी। एसओजी दिशा इसलिए कह रही थी क्योंकि घटनास्थल पर मोबाइल के टॉवर बहुत हलके थे इसलिए वहाँ लोकेशन मिलना मुश्किल था। ये भी हो सकता था कि उन लोगों ने वहाँ जाते समय अपना फ़ोन बन्द कर दिया हो।

"सर पहाड़ों पर टॉवर लोकेशन में वैसे भी दिक़्क़त होती है। ओवर लैपिंग की सम्भावना बहुत ज़्यादा रहती है।" अभी-अभी कुछ नम्बरों की आई-डी मेल पर आई थी जिसे खंगालते हुए नवीन ने कहा। सीओ साहब ने

शक के दायरे में आए नम्बर अपनी डायरी में दर्ज किए और उनके इर्द-गिर्द एक दायरा बना दिया।

सीओ साहब की पीली डायरी जो मूलत: भूरी होती थी, कसमसाती हथेलियों की रगड़ से जो बदरंग हो चली थी, जो आगे से सरकारी दिखती थी और पीछे के पन्नों पर कविता-कला का प्रदर्शन झेलकर नितांत व्यक्तिगत मालूम देती थी, जिसके पन्ने क़लम घसीटी लिखाई की वजह से फटायमान हो चले थे और अगर साइड बार पर वर्ष का उल्लेख न देखें तो जान पड़ता था कि ये उनके स्कूल के दिनों की है, जिसे वो बार-बार बदलने को इनसान के बदलने से कोरिलेट करते थे इसलिए बदलते नहीं थे, उसी डायरी में उन्होंने दो चार्ट बना रखे थे।

उन्होंने अपने एक दशक की नौकरी के अनुभव और तीस बरस की ज़िन्दगी का निचोड़ इन चार्टों में उड़ेल दिया था। एक का सम्बन्ध इमेज को लेकर था। उनके अनुसार इस विभाग में काम चाहे जैसा हो आपकी छवि बहुत मायने रखती है। अगर आप साफ़-सुथरी छवि वाले हैं और अपना काम ईमानदारी से करते हैं तो विभाग की प्राथमिकता सूची में आप नहीं हो सकते। आपके जैसे लोग लगभग समाप्तप्राय हैं। सबसे अच्छी सहूलियत विभाग में उनको है जो काम तो चाहे जितने भ्रष्ट करें लेकिन छवि झाड़-पोंछकर साफ़ बनाए रखें। ऐसे लोगों की संख्या भी बहुत है, और इन्हीं की वजह से शायद, सिस्टम धराशायी होने से बच गया है। वर्ना ईमानदार लोगों ने तो लुटिया ही डुबो रखी है। इसी चार्ट के छवि भ्रष्ट और काम ईमानदारी वाले कॉलम में प्राप्यता के नीचे सीओ साहब ने एक एसटेरिक लगा रखा है जिसका खुलासा वो पन्ने के नीचे एक ईमोजी बना कर करते हैं, 'भ्रष्टाचारी गणित में कोई रॉबिन हुड नहीं हो सकता।'

अगले चार्ट में कुशलता और ईमानदारी का परम्यूटेशन कॉम्बिनेशन बनाया गया है। उनके कथनानुसार इस विभाग में ईमानदार होना अपने आप में कोई विशेषता नहीं है। ऐसे बहुत से लोग हैं जो एफ़िशिएंट हैं लेकिन बेईमान भी। उनका बेईमान होना उनकी एफ़िसिएंसी की चादर तले पूरी तरह से ढक जाता है। दूसरी तरफ़ ऐसे लोग जो ईमानदार हैं लेकिन काम का डिस्पोज़ल जीरो है, भले ही उनके पास इसके मजबूत कारण हों, उन्हें कोई पंसन्द नहीं करता। एक और कैटेगरी है जिसमें कर्मचारी एफ़िशिएंट भी हो और ईमानदार भी...'ऐसा

होना वो यूटोपियन ख्वाब है जो नौकरी के शुरुआती कुछ सालों में देखा जाता है और नीड-ग्रीड के ताने-बाने के बुनने और ट्रेंड इन्कैपेसिटी[1] के सेट होते-होते काफ़ूर हो चुका होता है।' ये अंडरलाइन वाक्य तीसरे रो के पाँचवें कॉलम में एसटेरिक के विवरण के लिए प्रयुक्त था। जिसके नीचे बहुत हलकी स्याही से सीओ साहब ने अपना नाम लिखा था और एक परिभाषा भी। जी हाँ नाम, हस्ताक्षर नहीं। पाठकों की सुविधा और प्रकाशक की असुविधा के लिए ये दोनों चार्ट और परिभाषा नीचे दी जा रही है।

छवि	**काम**	**प्राथमिकता** (preference)	**प्राप्यता** (prevalence)
छवि ईमानदार	काम ईमानदारी भरा	निम्न	नगण्य
छवि भ्रष्ट	काम भ्रष्ट	निम्न	प्राप्य
छवि ईमानदार	काम भ्रष्ट	उच्च	बहु प्राप्य
छवि भ्रष्ट	काम ईमानदारी भरा	निम्न	*

कुशलता (efficiency)	**ईमानदारी** (honesty)	**विभाग/जनता की नज़र में**	**प्राप्यता**
अकुशल	पूर्ण ईमानदार	खंडूस (बारह दिन बहार के, बाक़ी इंतज़ार के)	प्राप्य
निम्न कुशल	निम्न ईमानदार	चिरकुट	प्राप्य
उच्च कुशल	निम्न ईमानदार	व्यावहारिक	बहुप्राप्य
उच्च कुशल	उच्च ईमानदार	*	अप्राप्य

डायरी आगे और पीछे के मिलन बिन्दु पर पहुँचने वाली थी। ऐसा इसलिए लगता था क्योंकि हमेशा पूरे पैराग्राफ़ की जगह बुलेट पॉइंट्स और 'रीड बिटवीन दि लाइंस' के अभ्यास के लिए एक लाइन छोड़कर 'बोल्ड एंड

1. ट्रेंड इन्कैपेसिटी—व्यवस्था, अक्षमता में प्रशिक्षित करती है। सामाजिक विज्ञान के चिन्तक वेब्लेन की ट्रेंड इन्कैपेसिटी की इस अवधारणा को नौकरशाही पर आरोपित करते हुए ये निष्कर्ष निकाला गया कि काम करने के अत्यंत औपचारिक तरीकों, नियमों, कानूनों की वजह से किसी संस्थान में नए व्यक्ति की निर्णय लेने की मौलिक क्षमता संकीर्ण होती जाती है और अन्ततः पुरानी व्यवस्था और पुराने लोगों के अनुसार ही वो अक्षमता में प्रशिक्षित हो जाता है।

ब्यूटीफुल' लिखने वाले सीओ साहब अचानक अक्षरों का साइज़ कम करने लगे थे। ये भी लगता था कि उन्हें भान हो गया था कि इस केस में इतनी नोट्स लेनी पड़ेंगी कि शायद इनसान बदलने वाली क़सम टूट जाए।

रात ब्रीफ़ की गई टीमें एक-एक करके आ पहुँचीं।

''बताओ भई क्या-क्या पता किया, क्या है फ़ीडबैक तुम लोगों का?'' सीओ साहब अपनी डायरी के साथ तैयार थे। सब चुप। फ़ीडबैक के नाम पर अलग-अलग कोणों पर उनके खुले हुए मुँह थे बस। 'कुछ पता चला...कोई लीड मिली' के नाम पर अपनी-अपनी श्रद्धानुसार केंद्र से उसी अक्षांश पर जिस पर उनके मुँह थे दाहिने-बाएँ दस, बीस, तीस मिलीमीटर की काल्पनिक रेखाएँ खींची गईं जिनका व्यावहारिक अर्थ 'नहीं' था। आमतौर पर ये टॉप गियर में जाने का वक़्त होता है और उच्चाधिकारी इस देश-काल-वातावरण में मातहतों से ये कहता है कि 'तब क्या...मारने गए थे।' 'क्या' और 'मारने' के बीच आने वाला शब्द 'झक' भी हो सकता है और कोई शारीरिक अंग भी लेकिन दूसरी दशा में 'मारने' में आ की मात्रा का स्थान बदलने की सम्भावना रहती है। सीओ साहब चूँकि कूल थे क्योंकि, जैसा कि बताया गया है, उनके पसीने में कुछ नमक अभी बाक़ी था इसलिए इन्होंने गियर नहीं बदला बस हलका एक्सीलेटर देकर बोलना शुरू कर दिया। बीस मिनट तक उसी कंडीशंड वातावरण में बोलते रहे। तब तक जब तक गियर न बदलने से गले से चें की आवाज़ न आने लगी।

इस बीस मिनट की मीटिंग में सीओ ने बोर्ड मीटिंग का मज़ा ले लिया। उसके बड़े भाई अपने मल्टीनेशनल कम्पनी में जीएम होने को घर में ऐसे ही भुनाते थे कि 'मीटिंग छोटी होनी चाहिए क्रिस्प एंड प्रिसाइज़! टू दि पॉइंट!' उसे तो पुलिस की लम्बी उबाऊ ब्रीफ़िग का अनुभव था जिसमें ब्रीफ़ जैसा कुछ नहीं होता। अधिकारी अपनी जानकारी को अपने तरीक़े से एक्सप्लेन करते थे जो सब लोगों की मिला ली जाए तो भी उतनी ही ठहरती है जितनी सबकी अलग-अलग। जिसे बीच में कहीं से भी सुनो ये पता चल जाता था कि इसके पहले क्या कहा गया है, और उसके बाद क्या बताया जाएगा। फिर भी देर से आने वालों पर एक तंज़ भी कसा जाता था और ये चेतावनी भी साथ आती थी कि कार्यवाही कर दी जाएगी। ब्रीफ़िंग में तत्समय बोलने वाले के अलावा बस माइक वाला ध्यान दे रहा होता था क्योंकि बोलते-बोलते अचानक

चें की आवाज़ हो तो वो दस-बारह नॉब में से कोई इधर-उधर घुमा सके क्योंकि ये मेन इलेक्ट्रीशियन का असिस्टेंट होता था जिसे बिना प्लग वाले तार को बोर्ड में डालने के सिवा कुछ नहीं आता था। मेन इलेक्ट्रीशियन तो इस असिस्टेंट को चार्ज देकर जा चुका होता था क्योंकि चें बोलने पर लाइन साहब (इंचार्ज रिज़र्व पुलिस लाइन) कुछ नहीं तो दो गाली तो ठोंक ही देंगे।

डिलीवरी लाइन के पीछे बैठे बाक़ी लोग 'पुलिस प्रबन्ध पुस्तिका' के बहाने एसएमएस निपटा रहे होते थे क्योंकि तब तक कैंडी-क्रश आया नहीं था और सामने वाले अचानक दागे जाने वाले सवाल को मन ही मन दुहरा रहे होते थे जिसमें दो अनिवार्य प्रश्नों में 'इसके पहले ये ड्यूटी कितने लोगों ने की है हाथ खड़ा करें' और 'सबको ड्यूटी कार्ड मिल गया' जैसे कालजयी प्रश्न भी होते थे। दोनों के जवाब भी लगभग कालजयी हो चुके थे। पहले का जवाब सुनकर अधिकारी का मुस्कुराना भी कालजयी हो चला था और दूसरे के जवाब में उसका त्योरियाँ चढ़ाना, पलटना और पलट कर मातहतों को डपटना 'ये क्या मज़ाक बना रखा है...मैंने कल ही कह दिया था कि आठ बजे तक सबको ड्यूटी कार्ड बँट जाने चाहिए।' उतना ही कालजयी व्यवस्था में लगे किसी क़रीबी मातहत का जवाब होता था 'हो गया है सर लगभग...ये सब बहुत लेट आये हैं सर जैसे-जैसे आमद कराते जा रहे हैं देते जा रहे हैं।' क़रीबी मातहत ही इसलिए बोलता था क्योंकि इसके आगे के वार्तालाप का फैलना-सिकुड़ना अधिकारी से उसकी निकटता पर निर्भर था। क़रीबी हुआ तो 'फ़टाफ़ट कराओ' पर पटाक्षेप हो जाता और अगर दूर का निकला तो 'इतनी इम्पॉर्टेंट ड्यूटी है' से शुरू होकर 'ये मेरा काम है क्या' से होते हुए 'आई विल हेल्ड यू रिस्पाँसेबल' तक जा सकता था।

वैसे सीओ साहब ने अपने पदेन टाइप वाली विद्वता ही दिखाई थी। क्योंकि रात के तीन बजे ये टीमें रवाना हुई थीं अपने-अपने टास्क के साथ जो शारीरिक ज़रूरतों के मद्देनज़र बिस्तर पर ढेर हो गईं। अब सुबह के नौ बजे थे। अभी सबेर हुई थी, अन्धेर होने में देर थी। टीमें दरअसल अब रवाना हो रही थीं। उन्हें दुबारा प्लान ऑफ़ एक्शन समझा कर विदा किया गया।

धारा 3 *

कोई भी व्यक्ति पुलिस को तब तक प्यार नहीं करेगा, जब तक उससे कोई अपराध न हो जाए। अपराध होते ही वो पुलिस से नफ़रत करने लगेगा। कोई भी व्यक्ति पुलिस को तब तक प्यार नहीं करेगा, जब तक उसके साथ कोई अपराध न हो जाए। उसके साथ अपराध होते ही वो पुलिस से नफ़रत करने लगेगा।

6

इन्टेरोगेशन रूम
थाना : सरायपोख्ता
मतलब थाने का इन्टेरोगेशन रूम
शाम का एक बेमतलब वाला समय

पुलिस की पूछताछ प्रक्रिया 'म्यूचुअल कंसेंट एंड कम्पटीशन' के सिद्धान्त से चलती है। इसमें कम्पटीशन इस बात का है कि कौन सबसे ज़्यादा महत्त्व की बात उगलवा लेता है। कंसेंट इस बात पर कि इस उगलवाई प्रक्रिया में—पीटा जाए! कम्पटीशन की ग़रज से निकलने वाली धाराएँ तीन सौ साठ डिग्री घूमकर कंसेंट पर आकर समाहित हो जाती हैं। पूछताछ होने वाले व्यक्ति की शारीरिक परिस्थिति देखकर अक्सर थर्ड डिग्री[1] सिद्धान्त से विश्वास उठ जाता है।

प्रक्रिया के दौरान सब समझदार होते हैं बस इस बात को साबित करने के लिए कि समझदार को इशारा काफ़ी होता है। एसओ एक सिपाही को देखकर

सीओ साहब की उसी पीली डायरी से, जो मूलतः भूरी होती थी—

1. थर्ड डिग्री—मध्यकाल में ब्रिटेन में बहुत सी संस्थाएँ बनीं जिनमें विभिन्न धार्मिक अथवा धर्म निरपेक्ष विश्वासों के आधार पर सदस्य (मुख्यतः पुरुष) जुड़े। इन्हें फ्रीमेशन अथवा मेशन कहा जाता था। प्रशासनिक इकाइयों में स्थानीय स्तर पर लॉज और उच्च स्तर पर ग्रैंड लॉज हुआ करते थे। अक्सर ये गुप्त संगठन होते थे। इन सीक्रेट संस्थाओं की सदस्यता के मुख्यतः तीन स्तर थे। पहला, डिग्री अपरेंटिस, दूसरा, फेलोक्राफ्ट, तथा तीसरा, मास्टर मेशन। इन तीन स्तरों या डिग्री की सदस्यता प्राप्त करने के लिए संस्था के पूर्व सदस्यों एवं कार्यकारिणी द्वारा साक्षात्कार एवं अन्य परीक्षण किया जाता था। तीसरी डिग्री की सदस्यता के लिए साक्षात्कार एवं कराई जाने वाली गतिविधियाँ बहुत चुनौतीपूर्ण एवं कठिन होती थीं। इसमें कठिन मानसिक एवं शारीरिक बाधाओं से गुज़रना होता था। पुलिस में थर्ड डिग्री शब्द की उत्पत्ति सम्भवतः थर्ड डिग्री की सदस्यता हासिल करने में होने वाली यातनादायक परिस्थितियों से हुई है।

मौन इशारा करता है और सिपाही आदमी के शरीर की ऐसी नस दबाता है कि वो तुरंत मुखर हो उठता है। ऐसी वाली नस का पता आज तक डॉक्टर को भी नहीं है। पहले इस बात पर विवाद था कि इन्टेरोगेशन कला है या विज्ञान। अब नहीं होना चाहिए। वर्षों मेहनत करके पुलिस ये साबित कर चुकी है कि इन्टेरोगेशन शुद्ध देसी कला है, इसमें दूर-दूर तक विज्ञान का हस्तक्षेप न है, न होना चाहिए। ये जो पोलीग्राफ या नार्को टेस्ट जैसी चीज़ें लाकर इसे उस ओर ज़बरदस्ती धकेलने का कुत्सित प्रयास किया जा रहा है उससे न केवल संगीत, नृत्य, शिल्प, धातु एवं काष्ठ के अद्‌भुत मिश्रण से बने इस कला का गला घोंटा जा रहा है बल्कि भविष्य के कलाकारों का रास्ता बन्द किया जा रहा है।

ये वो समय था जब पुलिस को विशेषज्ञ और वैज्ञानिक बनाने वाली, 'क़ानून व्यवस्था पुलिस' और 'अन्वेषण पुलिस' को अलग-अलग करने के सुझावों वाली रपट बीच-बीच में सर उठाकर झापड़ खाकर बैठने लगी थी। स्पेशलाइज़ेशन के इस तर्क के कु-तर्क में व्यावहारिक दिक़्क़तों की बात की जा रही थी। "पुलिस को तो अलग-अलग कर लोगे जनाब," पान की पीक ठीक निशाने पर छोड़ते हुए सुजान सिंह पेक्टसा (इंस्पेक्टर साहब का घिसा हुआ रूप जो इनके बढ़ते हुए शारीरिक आयाम को देखते हुए छोटा लगने लगा था) ने कहा, "लेकिन जनता...हें...हें...हें उसको कैसे करोगे अलग-अलग? भइया जनता तो उसी की सुनेगी जो उस पर कार्यवाही करने में सक्षम होगा।" कार्यवाही को लेकर पेक्टसा के मन में कोई शक नहीं था। वो आज भी उसी को कार्यवाही मानते थे जो डंडे से किसी के पृष्ठ भाग से सघन संपर्क में होती है। ये और बात है कि आजकल के पुलिसवाले पीटकर ही सन्तोष कर लेते हैं।

कितनी ही जुगत लगा लो जनता सुनेगी उसी की जो चौराहे पे लठिया सकेगा, घर में घुस कर माँ-बहन कर सकेगा, हवालात में डालने की धमकी दे सकेगा। न कि उसकी जो मर्डर होने पर अपना डल्ला-पल्ला उठाए पहुँचे और बोले, "भाई साहब उस रात आप कहाँ थे?" डल्ला-पल्ला से उनका मतलब शायद फ़ोरेंसिक किट या ऐसे ही किसी आधुनिक इन्वेस्टिगेशन टूल से रहा होगा।

वैसे इस बात का एक और व्यावहारिक आयाम किसी वरिष्ठ अधिकारी ने बताया था और जो ज़्यादा क्रान्तिकारी परिभाषाओं वाला था। "कल्पना

करो थाना एक दुधारू गाय है जिसे बाँटा जा रहा है। लॉ एंड ऑर्डर और इन्वेस्टिगेशन नाम के दो क्लेमेंट्स में। अब बाँटने के कई तरीक़े हो सकते हैं लेकिन जो यहाँ हो रहा है वो ये है कि गाय को बीचोबीच काट रहे हैं। इससे मुँह तो एक के पास आ रहा है और थन दूसरे के। एक तो थन का दूध पिएगा, मज़े लेगा दूसरा चारा-पानी करता रहेगा बेचारा...।'' उनका मतलब साफ़ था। ये हमारी प्रज्ञा पर छोड़ दिया कि कल्पना के घोड़े दौड़ाएँ और सोचें कि थन किसके पास आया, गाय को चारे में क्या खिलाया जाएगा और गाय अगर जर्सी, दुधारू न हुई तो?

आज सुबह से अब तक बारह लोगों के साथ म्यूचुअल कंसेंट एंड कम्पटीशन सिद्धान्त के तहत थानें के विभिन्न कलाकारों द्वारा अलग-अलग और सामूहिक प्रस्तुति दी जा चुकी थी। जो आगे भी जारी थी। बारह में से आठ लोग वो थे जो घटनास्थल से दो किलोमीटर नीचे बन रहे एक रिसॉर्टनुमा सराय में मजदूर थे। मजदूर थे वो लोग, इसलिए इस कला के सौन्दर्य शास्त्र से परिचित थे। उन्हें मालूम था कि कब ताली बजाना है, कब आह-वाह कहना है और कब कोई और चारा न बचे रहने पर कबूल है-कबूल है-कबूल है की हुँकारी भरनी है। इसके पहले मुरादाबाद, हरिद्वार में यही काम कर चुके थे। वहाँ हत्याएँ हो चुकी थीं इसलिए इनसे पूछताछ हो चुकी थी। रहने वाले बिहार के थे। मजदूर बनने से पहले किसान थे। कृषि प्रधान देश की नीतियों ने इनके जीवन में इतनी पूस की रातें लिखीं कि कब इन्हें हरिया से हल्कू बना दिया इन्हें पता ही न चला। अपने ही खेत में मजदूर बनने से पहले ये मरजाद बचाने को बाहर निकले और गोबर बनने की जगह व्यवस्था की उलटबांसियों ने इन्हें झबरा बना कर छोड़ दिया था।

दूसरे चार लोग वो थे जिन्हें पुलिस की हिस्ट्रीशीट में दर्ज होने का गौरव प्राप्त था। दो इस थाने के और दो पड़ोसी थाने के। ये लोग सीओ साहब के विशेष आग्रह पर बुलाए गए थे। कुछ लोग और गाँव के भी आए थे लेकिन उनकी हैसियत इस कला के आस्वादन की नहीं थी। वो महज़ जानकारी लेने-देने के लिए आए थे।

अभी तक सारे तीर हवा में चल रहे थे। शाम होने को आई थी, इसलिए हो रही थी और पुलिस के हाथ कोई सुराग इस हत्या का नहीं लगा था।

हवा में चलाया गया एक तीर शायद निशाने पर चिपका था। इसीलिए शायद एसओ साहब का सरकारी सिम वाला, जो इतना सरकारी था कि अक्सर 'मरा' सिम हो जाता था, प्राइवेट मोबाइल काफ़ी देर से उनके कान पर चिपका था। ये सिम उसी कम्पनी का था जो सम्बन्धों का नेटवर्क जाम कर देती थी और लोगों के मरासिम के लिए सिम मरा सिम साबित हो जाता था।

"तू और डीटेल में जानकारी कर गाड़ी वाड़ी से आए थे क्या था फिर मुझे बता।" फ़ोन पर बात करके एसओ साहब सीओ साहब की तरफ़ मुखातिब हुए जो मुँह खोले उधर ही देख रहे थे। "रस्सी लेकर गई टीम को ये सफलता मिलती लग रही है सर, अगर ये वही लोग हैं तो। कह रहे हैं कि धनियावाला बाज़ार में हार्ड वेयर की कोई दुकान है। डालाकोटी स्टोर। अभी उसको रस्सी दिखाई तो बता रहा है कि तीन-चार दिन पहले कुछ लोग ख़रीदकर ले गए थे। अब कौन थे ये तो नहीं पता लेकिन लोकल जैसे ही लग रहे थे।" बात महत्त्व की थी। सीओ साहब ने लपकते हुए आदेश दिया—

"उनसे कहो और डीटेलिंग लें...आस-पास और पूछताछ करें कौन थे कहाँ से आए किधर को गए।"

"हाँ, सर बता दिया है...जो लोग पेट्रोलपम्प गए थे वे भी आ रहे हैं कुछ जानकारी उनके पास भी है शायद!"

एसओ साहब की बात ख़तम होने से पहले ही पर्दा सरकाकर दरोगा पूरण राम ने दरवाज़ा खुलते ही सैल्यूट सरकाया। महकमा अब सैल्यूट ठोंकने से सरकाने तक खिसक आया है। दरोगा जी ने सरकाने वाला ही सरकाया था। अँगूठा स्वतंत्र अस्तित्व के साथ। उँगलियाँ तो इतनी आवारा कि कानी वाली सिर के ऊपरी सिरे से एक बित्ता ऊपर। वो उनमें से था जो प्रयोगधर्मिता को स्वेच्छाकारिता से अलग नहीं मानते हैं। सिखलाई के तरीक़े की लकीर तो सब पीटते हैं। वो उनमें से था जो सोचता था कि कुछ अलग, कुछ नया किया जाए। उसी शुद्ध भावना से जिसमें सादे कपड़ों में किया जाने वाला सैल्यूट दोनों हाथों को पीछे फेंक कुछ इस तरह से इम्प्रोवाइज़ कर लेते हैं लोग, कि लगता है पैरा ग्लाइडर बस उड़ने ही वाला है। इस तरह के सैल्यूट को देखकर सीओ को गाँव के उन सज्जनों की याद आती है जो सुबह मॉर्निंग वॉक पर जाते हैं और लगे हाथों निपट भी लेते हैं। लौटानी किसी के मिलने पर उन्हीं लगे हाथों को ऐसे पीछे फेंकते हैं कि कहीं अगला मिलाने को अपना हाथ न

बढ़ा दे। ये पूछने पर कि 'गाँव में मिलाते हैं क्या लोग हाथ' सीओ साहब लगे हाथों बग़लें झाँकने लगते हैं। उनके अनुसार इस फ्रेज़ 'लगे हाथों' की उत्पत्ति किसी ऐसी ही सिचुएशन में हुई होगी।

कुछ ऐसे भी हैं जो अँगूठे के सह अस्तित्व को स्वीकार कर उसे उँगलियों में चिपकाकर रखते हैं लेकिन अतिरिक्त सम्मान दिखाने के लिए गर्दन भी उसी दिशा में झुका देते हैं जिधर पंजा है। ऐसा लगता है कि कह रहे हों 'ये देखिए साब मैंने इधर सैल्यूट किया।' अँगूठा चिपकाने वालों का एक प्रकार और है जो चिपकाते-चिपकाते अँगूठे को पंजे के बग़ल से सरकाकर हथेली के बीचोबीच ले आता है ऐसे कि जैसे सैल्यूट ख़तम करते ही मंत्रोचार की कार्यवाही शुरू की जाएगी।

कड़क सैल्यूट के बाद काफ़ी देर तक हाथ को वाइब्रेशन मोड पर सेट कर देने वाले भी लोग हैं। भरम होता है कि सैल्यूट करके स्वागत कर रहे हैं या टाटा। ऐसे उत्तम क्वालिटी के 'हथहिल्ला' अक्सर सलामी शस्त्र में लगाए जाते हैं। "किसी-किसी को तो मैंने राष्ट्रगान के पूरे बावन सेकेंड तक हाथ हिलाते देखा है!" कहते हैं सीओ साहब।

एक सीनियर सैल्यूट भी होता है। जो अक्सर पेशकार या स्टेनो कार्यालयों में पाया जाता है। इसमें पूरा पंजा माथे के बिलकुल बीच में पहुँचाकर ये कहने का प्रयास किया जाता है कि 'इतने तो दे दिए टेंशन अब क्या जान लोगे।' सीनियर सैल्यूट का एक और सीनियर होता है। इसमें अँगूठा और तर्जनी घूमकर लगभग नाक की सीध में आ जाते हैं। पूरा पंजा चेहरे के लम्बवत खड़ा हो जाता है। ये सामान्यत: उन जूनियरों द्वारा अपने सीनियरों को किया जाता है जो अपने सीनियरों से डी फैक्टो सीनियर होते हैं बस किन्हीं कारणों से प्रमोशन न होने से जूनियर रह जाते हैं। इसमें चढ़ी हुई आँखों की तीक्ष्णता भी नोटिसेबल है।

एक तिरछा काटकर आदाब सैल्यूट भी है। ये नाक और माथे के बीच लगभग 45 डिग्री वाली लाइन में आता है और आते ही लगता है कि अभी तिरछा लहरा के आगे बढ़कर सेमी सर्किल में घूमेगा और आदाब की तर्ज में आ जाएगा। लेकिन आता नहीं।

दिल तो कर रहा है कि सैल्यूट करने की सही कार्यवाही वाला एक फ़ोटो भी यहाँ चिपका दिया जाए लेकिन कला के क्षेत्र में इतनी प्रयोगधर्मिता भी ठीक नहीं होती। लेखक प्रयोगधर्मिता को स्वेच्छाकारिता से अलग मानता है।

दरोगा जी के चेहरे की चमक बता रही थी कि कोई महत्त्व की जानकारी हाथ लगी है और ये भी कि उन्होंने लंच कर लिया है। उन्होंने लगभग चहकते हुए कहा—

"सर एक लीड मिली है।"

"क्या?"

"देखिए सर अगर मामला बैठ गया तो फट खुल जाएगा केस।" पूरण समय ले रहे थे। इम्पॉर्टेंस समझाना चाह रहे थे। लीड को चुभलाचुभला कर पेश करने के मूड में थे लेकिन ऐसे तो लीड की लीद निकल जाती इसलिए एसओ साहब ने झटका—

"अरे बताओ यार तुम लोग पेट्रोलपम्पों पर गए थे कौन-कौन से चेक किए...क्या पता चला?" पूरण अभी एक-एक कर सारे पेट्रोलपम्प की सैर कराते लेकिन उन्हें मुद्दे पर आना ही पड़ा—

"सर सराय पोख्ताबाज़ार में हनुमान मन्दिर के पास जो बिंजोला पम्प है वहाँ कुछ पता चला है। सर पम्प वालों ने तो कुछ बताया नहीं, कह रहे थे इतने सारे लोग आते रहते हैं किसको-किसको याद रखें लेकिन सर पम्प की बाउन्ड्री से लगी हुई एक दुकान है। वहाँ एक लड़की बैठती है। चलते-चलते मैंने उससे भी पूछ लिया। उसने बताया सर कि दो-तीन दिन पहले कोई मोटर साइकिल खड़ी कर गया था। पेट्रोलपम्प के बाईं तरफ़ एक पेड़ है नीम का, उसके नीचे। पूरी शाम गाड़ी वहीं खड़ी रही थी। दूसरे दिन सुबह जब वो लोग दुकान पर आए थे तो वहाँ नहीं थी। ठीक से याद नहीं सर लेकिन शायद तीन लोग बैठे रहे होंगे, ऐसा लड़की ने बताया क्योंकि उसके पापा कह रहे थे कि आगे कहीं पुलिस की वाहन चेकिंग हो रही है उसी से बचने के लिए इधर आ गए। उनमें से एक को पहचानती है वो। विस्थापित कॉलोनी में उसकी अंगरेजी की टीचर रहती हैं वो वहीं कहीं रहता है क्योंकि एक बार वो मैडम को कपड़े देने आया था।" पूरण ने लंबा पॉज़ लिया इतना बड़ा कि एसओ साहब को चुटकी बजानी पड़ी।

"इसमें क्या ख़ास बात है?"

"सर ख़ास बात ये है कि वो लोग संदिग्ध टाइप के थे क्योंकि लड़की ने बताया कि मोटर साइकिल से उतर कर दो लोग एक कार में चले गए। एक उतर कर दूसरी तरफ़ चला गया। मोटर साइकिल बहुत समय तक वहीं खड़ी रही।"

"हूँ बात में दम है," अब तक अति उत्साह में बेतरतीब हो रहे दरोगा जी ने अब जाकर पते की बात की थी। हवा में तीर से निशाना सही लगने की गुंजाइश बन रही थी। "तो ले आए उसे...वो जिसको पहचानती है लड़की...कौन सी कॉलोनी बताई?"

"सर विस्थापित कॉलोनी।" एसओ साहब सूचना सम्पन्न होने और दिखने का कोई मौक़ा नहीं छोड़ना चाहते थे "ये सर टिहरी डैम विस्थापित लोगों की कॉलोनी है...उनको सरकार ने यहाँ बसाया है...पूरण भाई जल्दी करो, ले आओ उस आदमी को, बड़ी मुश्किल से तो कोई लीड मिलती दिख रही है।"

"बस अभी उधर ही निकल रहे हैं...वो सर लड़कों ने सुबह से कुछ. खाया नहीं था तो..." खाने-सोने की बात करना अपराध के बराबर होते हुए भी पूरण ने ये बात कही।

"खाना तो यार हमने भी...सर जब तक ये लोग आते हैं थोड़ा कुछ..." एसओ साहब ने बाक़ायदा हाथ को मुँह के पास ले जाते हुए कहा और इशारा मिलने से पहले ही खाना मँगाने पूरण के पीछे-पीछे कमरे के बाहर हो लिये।

'इसका नाम विस्थापित कॉलोनी क्यों रखा गया होगा भला? विस्थापित कॉलोनी तो वो हुई जहाँ से ये आए हैं। इस जगह को तो स्थापित कॉलोनी कहना चाहिए। हो सकता है ये विस्थापन मात्र एक घर से दूसरे मकान की ओर वाला न हो। जगह से विस्थापन के बाद पीढ़ियों तक चलने वाला आत्म-विस्थापन होगा। किसी को नहीं पड़ी शायद कि विस्थापित लोग स्थापित हों।' पुलिस वाले सोचते भी हैं इस बात को साबित करने की गरज से सीओ साहब इतना सब सोच गए।

पुलिसवाले खाना भी खाते हैं इस बात को साबित करने के दौरान सीओ और एसओ साहब गहन वार्ता में भी रत रहे। वार्ता का विषय ये मर्डर था, ये उतना आश्चर्य का विषय नहीं होना चाहिए जितना कि इससे पूर्व वाक्य का पूर्वार्ध। वार्ता का लब्बो-लुबाब वही था जो अब तक की इस कहानी का है, मतलब कुछ नहीं। फ़िलहाल जो साबित किया जा रहा था वो हो चुका था और वार्ता भी अल्प विराम की मुद्रा में आ चुकी थी। एसओ साहब किसी तीलीनुमा तिनके से, जो कमनीयता में झाड़ू की सींक होने का प्रमाण खुले आम दे रही थी, अपने दाँत की खुदाई में रत थे और शून्य में ताक रहे थे। सीओ साहब

तिनके के इतिहास से आ रही उबकाई से उबरने के लिए उसी शून्य में घुसने का प्रयास कर रहे थे। शून्य के बीचोबीच हनुमान जी का एक कैलेंडर टँगा हुआ था जिसके पैताने उस फर्म का नाम था जिसने हनुमान जी को अपने एडवरटीज्मेंट के लिए अनुबंधित कर रखा था। प्रकाशमणि थपलियाल, ज्योतिषाचार्य।

कहते हैं थपलियाल जी का पूर्व पेशा भी दरोगाई ही था। तब वर्दी वाली दरोगाई करते थे मतलब पुलिस में थे, अब भगवे वाली करते हैं। रिटायर होने के बाद पुलिस वालों को बाबा बनने में ख़ासी सहूलियत रहती है। थपलियाल जी का बाबा बनना उसी समय तय हो गया था जब उनकी वर्दी में सीने पर मैडल के साथ-साथ उँगलियों में अँगूठियाँ बढ़ने लगी थीं। कार्य कारण सम्बन्ध स्पष्ट था। कहते हैं इन्होने ग्रेच्युटी और दीक्षा एक ही दिन ली थी। अब बहुत इत्मीनान से अध्यात्म की टैक्सी चलाते हैं। गेरुए वस्त्र, कनटोप वाला मफलर और दाहिने बाजू पर एक गोल बिल्ला लगा रखा है जिस पर 'योगधाम निष्काम आश्रालय' लिखा हुआ है। जैसे ही कोई सवारी मिलती है मीटर डाउन कर देते हैं। 'भइय्यो' बाबाजी का शिष्यों को पुकारने का यही तरीक़ा है। 'ये है न जो आपके-हमारे पास है मोबाइल...हाँ सेल फ़ोन...ये, ये हमारी आत्मा की तरह है, हमारे स्व की तरह है' ये वो समय होता है प्रवचन का जब वो अपनी अनोखी मुस्कान को देखने वाले की आँखों में और इस अनोखी बात को सुनने वाले के मन में उतर जाने का वक़्त देते हैं।

थोड़ा मुस्कुराकर चारों तरफ़ देखते हैं, यों भले ही वहाँ आस-पास दो-चार चेले-चपाटों के अलावा कोई न हो। फिर आगे बढ़ाते हैं बात 'फ़ोन तो अब हुआ है एन्ड्रोइड, हमारी आत्मा तो बहुत पहले से ही एन्ड्रोइड रही है। आप कहोगे कैसे? कैसे हुई? तो भइय्यो इतने सारे एप्स हैं हमारी आत्मा में कि आप कल्पना भी नहीं कर सकते। आपका हँसना, रोना, गाना, रूठना, क्रोधित होना सब यहीं से रिमोट कंट्रोल होता है। होता है न...हाँ यहीं से होता है। तो जब आपकी बैटरी फुल चार्ज रहती है मोबाइल की बैटरी, तो क्या करते हो...क्या करते हो...फेसबुक करते हो, ट्विटर करते हो, गेम्स करते हो, कि नहीं करते हो...करते हो। तो जब बैटरी फुल तब ये सब काम हो जाते हैं अच्छे से करते हैं। लेकिन जब बैटरी डिस्चार्ज होती है तो क्या होता है, क्या करते हैं हम? इन सब का प्रयोग कम करते जाते हैं। फेसबुक भी कम, गेम्स

भी कम। अगर रिचार्ज की सम्भावना न रहे तो बस कॉल करने का काम करते हैं, वो भी बड़ी मुश्किल से। ऐसा ही है आत्मा के साथ भी। इसका रिचार्ज क्या है? क्या है भइय्यो? इसका रिचार्ज है भगवत भजन, ध्यान, हमारे अच्छे करम, हमारे सद्‌गुण। हनुमत के आगे शीश नवाते जाओ, अच्छे काम करते जाओ आत्मा की चार्जिंग होती रहेगी। बन्द कर दोगे या बुरे काम करने लगोगे आत्मा बैठ जाएगी, डिस्चार्ज्ड। साँस खेंचना साँस छोड़ना बस्स! ये जीना भी कोई जीना है भइय्यो...'

अपनी पुरानी लॉयल्टी की वजह से पुलिस के मददगार हैं। एसओ साहब मदद माँगने को बेताब दिखे। अपनी नज़रें शून्य से हटाकर मोबाइल पर टिकाईं। थोड़ी देर तक "हाँ-हूँ, जी ज़रूर अच्छा" करने के बाद सीओ साहब की तरफ़ मुखातिब हुए जो अपनी ख़ाली उँगलियों में काल्पनिक अँगूठियाँ घुमा रहे थे।

"सर मामला बहुत पेचीदा है कह रहे हैं गुरुजी, कोई साया लगा था मृतक के पीछे। मृतक का सिर और मारने वाले को ढूँढ़ने के लिए गुरु जी कह रहे हैं कि घटनास्थल से बाएँ पश्चिम की तरफ़ देखना होगा।"

"अच्छा तो गुरुजी भी वामपन्थ को मान्यता दे रहे हैं।" इससे पहले कि सीओ साहब ऐसी कोई प्रतिक्रिया देते बाहर से अचानक आवाज़ें आने लगीं। "क्या है यार कौन शोर कर रहा है?" निकला मुँह से।

"सर वही महिला आई है भोजीवाला वाली। कपड़ों से शिनाख़्त कर रही है। बॉडी पहचानी नहीं, अब कपड़े देख कर चीख़ रही है।" हे. मु. उत्साह से ज़्यादा झुंझलाहट में था। एसओ को उसकी नाराज़गी पर नाराज़गी आई—

"अरे क्यों नहीं हो सकता यार, बॉडी इतनी जल गई थी कि पहचानना...बुलाओ यहाँ...रुको, अच्छा हम आते हैं।"

सीओ साहब और थाने पर उपस्थित सभी कर्मचारी उधर ही लपके। आवाज़ में इतनी वेदना थी कि कोई अपने आप को रोक नहीं पाया। थाना कार्यालय के बाहर बरामदे में तीन-चार महिलाएँ और सात-आठ पुरुष एक पैंतीस-चालीस बरस की युवती को लगभग घेरे खड़े थे। सबके चेहरे रात भर के जागे हुए थके उतरे से थे और बेहद ग़मगीन थे। उन्हें देखकर ऐसा लग रहा था कि जैसे कोई भयावह चीज़ देख ली हो। बल्कि यों कि गहरी नींद में किसी ने झिंझोड़कर उठाया हो और किसी भयंकर मंज़र के आगे खड़ा कर दिया हो।

अक्सर ऐसा होता है कि जब हमारा दिल किसी सच को सच नहीं मानना चाहता है तो आँखें भी झूठ का एक पर्दा खींच कर दिल का भरम रख लेती हैं। लेकिन जब किसी कारण से ये पर्दा हिलता है तो उस पार का दृश्य और भयावहता के साथ डराने लगता है। इन लोगों को देखकर ऐसा ही लग रहा था। लाश देखकर इन्होंने अपने आप से ये कहा होगा कि किसी और की लाश है। आँखों ने भी कुछ आधार ढूँढ़ ही लिए होंगे इस बात को मनवाने के। लेकिन कपड़े के टुकड़े देखकर आँखों का पर्दा हिल गया होगा और अचानक अन्दर एक विस्फोट के साथ ये सूचना दर्ज हुई होगी—कि वो चला गया! वैसे तो थाने के अन्दर इस तरह के विलाप होते रहते हैं लेकिन बीच की युवती इस तरह से रो रही थी कि तीस साल तक पंचनामे में लाश को बिना किसी इमोशन के उलटने-पुलटने वाले दरोगा पूरणराम के चेहरे का भाव भी बदलने लगा था।

पूछताछ के बाद सावित्री देवी ने मृतक का फ़ोटो दिखाया और साथ आए लोगों के साथ मज़ार को सूनी आँखों से देखते थाने से विदा हुईं।

बयान श्रीमती सावित्री देवी, पत्नी मृतक

श्रीमती सावित्री देवी, पत्नी श्री सत्यभान सिंह, निवासी ग्राम पकिया, माजरी थाना भोजीवाला, ज़िला देहरादून ने पूछने पर बताया कि मैं अपने पति श्री सत्यभान सिंह उर्फ़ भानू, पुत्र श्री किशन सिंह व दो बच्चों के साथ ग्राम पकिया, माजरी थाना भोजीवाला, ज़िला देहरादून में रहती हूँ। मेरा एक 13 साल का बेटा मुन्नू और 10 साल की बेटी गुड़िया है। मेरे पति सत्यभान सिंह दिनांक 17/02/13 को साँय 5 बजे क़रीब घर में मुझे यह बताकर गए थे कि मैं सब्ज़ी लेकर आ रहा हूँ लेकिन तब से वो वापस घर नहीं आए। मैंने उनका मोबाइल मिलाया तो वह स्विच ऑफ़ आ रहा था। मैंने उन्हें इधर-उधर रिश्तेदारों एवं जानकारों में बहुत खोजा लेकिन कुछ पता नहीं चला। आज मुझे जानकारी मिली कि एक व्यक्ति की लाश भगोतपुर मनगाँव के जंगल में मिली। जिस सूचना पर मैं थाना सरायपोखरा अपने देवर संजय कुमार एवं पिताजी के साथ आई तथा थाने में जिस व्यक्ति की लाश मिली उसके जले हुए कपड़े के टुकड़े देखे तो वे कपड़े मेरे पति के ही थे। जब वो घर से गए थे तो उन्होंने वही कपड़े पहने हुए थे जिन्हें मैंने अच्छी तरह पहचान लिया है कि वे कपड़े के टुकड़े मेरे पति के ही हैं।

—

"जी नहीं, किसी के साथ झगड़े की कोई बात उन्होंने मुझे नहीं बताई थी। मेरे पति की किसी के साथ कोई दुश्मनी नहीं थी। मुझे किसी पर शक नहीं है।"

—

"मेरे पति ने हमारा मकान 26 लाख में सरदार गजेन्द्र सिंह सैनी को बेच दिया है। सरदारजी ने 12 लाख रुपए दे

दिए थे लेकिन 14 लाख रुपए दिनांक 20/02/13 तक देने थे। सौदा उन्होंने ही किया था मुझे बस इतनी जानकारी बताई थी।''

7

कुछ मामले शिनाख़्त के बाद पेचीदा होते जाते हैं। लगने लगा था कि इसका हश्र भी यही होगा। वैसे तो जघन्य अपराध होते हुए भी पुलिस के लिए हत्या को वर्क आउट करना चोरी, चेन स्नैचिंग, लूट जैसे अपराधों से अमूमन ज़्यादा आसान होता है क्योंकि कहीं न कहीं इसका 'मोटिव' सामने आ ही जाता है। अपने गूढ़ार्थ में मोटिव उस सुन्दर कन्या की तरह होता है जिसकी सुन्दरता का पता घूँघट उठने के बाद ही चलता है। गन्धर्व विवाह की बात अलग है। लेकिन जब तक उद्‌देश्य का पता न हो अपराधी तक पहुँचना मुश्किल होता है। पुलिस परिस्थितिजन्य साक्ष्य के बल पर पहाड़ खोदने का काम करती है। एक नहीं कई। और बहुत खुदाई के बाद अक्सर चुहिया भी नहीं निकलती। परिस्थितिजन्य साक्ष्य सड़क पर लगे ट्रैफ़िक साइनबोर्ड की तरह होते हैं जिन पर लिखा कुछ नहीं होता बस आड़े-तिरछे कुछ निशान बने होते हैं, और वो भी अक्सर यू टर्न वाले साबित होते हैं। इन निशानों को डीकोड करना पड़ता है। कभी एन्कोडिंग में जादूगरी रहती है तो कभी डीकोडिंग में अक्षमता। कभी ओवरराइटिंग तो कभी इतनी हलकी स्याही कि पता करना मुश्किल कि आख़िर ये निशान दाहिने घूमने को कहता है या पुल के ऊपर चढ़ने को।

इस मामले में भी सियाही बहुत हलकी थी। और तो और खुरच-खुरच कर मिटाने का प्रयास भी था। जैसे खेल-खेल में किसी बच्चे ने सड़क के किनारे के माइलस्टोन पर पच्चापुर छतौरी 20 किमी. को छत्तापुर पचौरी 60 किमी. कर दिया हो। हत्या का मोटिव भी बहुत क़यासों के बाद भी स्पष्ट नहीं हो रहा था। सत्यभान उर्फ़ भानू न तो बहुत पैसे वाला था, न ही उसे कहीं से तनख्वाह मिलती थी। फ़ोटो में उसके डील-डौल को देखकर उसका पर-स्त्री गमन या किसी स्त्री का भानू-गमन वाली बात भी नहीं टिक रही थी।

हाँ, ये बात ज़रूर थी कि अन्दरखाने कुछ अचल सम्पत्ति की बात प्रकाश में आई थी लेकिन उस सम्पत्ति का लाभ किसे मिलना था ये तय नहीं हो पा रहा था। स्थिति वही घूँघट के पट वाली थी। कुल मिलाकर ज़र-जोरू-ज़मीन की तिकड़ी एक-दूसरे की ओर इशारा करके बेवक़ूफ़ बनाने पर थी। हालाँकि सावित्री देवी से पूछताछ में सरदार गजेन्द्र सिंह का नाम अंडरलाइन हो चुका था जिसका तर्जुमा दरोगा पूरण राम और कांस्टेबल चन्दन बिष्ट ने 'उठा के लाओ साले को' कर लिया था।

शिनाख़्त के बाद एक सहूलियत होती है। पुलिस पीछे मुड़ करके लास्ट सीन एविडेंस तक जा सकती है। वहाँ उपस्थित भीड़ से पूछताछ में जो बात सबने लगभग समवेत स्वर में कही वो ये कि भानू दारूबाज था। बहुत पीता था। मतलब ये कि "सर मैं तो कहता हूँ बोतल पी गई इसे। दिन-दिन भर पी के पड़ा रहना क्या अच्छी बात है? जब देखो तब ठेके पे, जब देखो तब ठेके पे..." भानू के ससुर की बात में दम था। हालाँकि पीता तो अमूमन वो पन्नी वाली था लेकिन कहने की बात तो यही है कि बोतल पी गई। पन्नी पी गई उसे, जमता नहीं। न तो कोई स्थायी दोस्त था उसका, न कोई स्थायी ठिकाना, और न ही स्थायी ब्रांड। जो मिल गई, जहाँ मिल गई, वहाँ बैठ लिया। दारू भी अंडरलाइन की गई।

यहाँ से कहानी तीन घंटे का लीप लेती है। आप कहेंगे तीन घंटे का लीप भी कोई लीप हुआ? कहिये। जज नहीं कहता। वो भी तीन घंटे उस मुखबिर ख़ास को दे देता है जो पुलिस के कानों में चुपके से आकर सनम से मिलने की तरकीब डाल देता है। तीन घंटे में जज अपना फ़ैसला पलट सकता है, कुछ किसान आत्महत्या कर सकते हैं, दंगों के लिए भरपूर तैयारी हो सकती है, सरकार का पुतला फूँका जा सकता है, मीटिंग के बाद लंच और लंच के बाद फिर मीटिंग हो सकती है, एक कविता का रफ ड्राफ्ट शक्ल ले सकता है, कोई फ़तवा सुनाया जा सकता है, कोई सम्मान लौटाया जा सकता है। तीन घंटे में बहुत कुछ हो सकता है। यहाँ तीन घंटे में कुल इतना हुआ कि तेरह बार कप्तान को अब तक केस में हुई प्रोग्रेस बताई गई, क्योंकि पाँच बार शिनाख़्त के पहले ही वो बिज़ी हो गए, सात बार सरदार गजेन्द्र सिंह तक पहुँचने के पहले ही कॉल ड्राप हो गई। थैंक्स टू बीएसएनएल। एसओजी द्वारा तेईस नम्बरों पर शक की सुई घुमाई गई, और सरदार गजेन्द्र सिंह और सन्दीप उर्फ़ पप्पू को

थाने में घसीट लाया गया। पर इससे पहले कि पुलिस और 'शक़ की बिना' पर उठाए गए गजेन्द्र और पप्पू के बीच कोई भावनात्मक साक्षात्कार हो, ओम प्रकाश ने दरवाज़े के पास से कहा, ''सर हिन्दू उत्थान दल वाले आए हैं।''

''क्या है यार,'' सीओ साहब ने झुँझला कर कहा, ''देखो यार एसओ साहब कोई रैली-वैली होगी।''

''नहीं सर इसी मर्डर के सिलसिले में आए हैं ज्ञापन देना चाहते हैं बाहर बुला रहे हैं आपको।''

''हद है यार,'' कहते हुए सीओ साहब उठे और अहाते तक आए।

बाहर बीस-पचीस लोग उनकी गाड़ी के पास खड़े थे। दो-तीन कैमरामैन उनके गाड़ी के घेराव का फ़ोटो खींच रहे थे। सीओ साहब को देखते ही समूह में भारी हलचल हुई और बिना नेतृत्व वाली ये भीड़ इधर को लपकी। सबसे पहले पहुँचने वाले ने इसी बात की गम्भीरता रखते हुए सबसे पहले बोलना शुरू किया। उसके तुरंत बाद वाला लम्बाई में ज़्यादा था उसे इस बात की गम्भीरता रखनी थी सो वो भी लगे हाथों बोल पड़ा। उसके बाद पहुँचने वालों में कोई अपनी भीषण काया की गम्भीरता रखने को तो कोई तीखी और कर्कश आवाज़ की गम्भीरता रखने को बोलने लगा। कुल मिलाकर लगभग सब बोलने लगे।

कई छोटे-छोटे टूटे बेतरतीब वाक्यों को मिलाकर जो बात सीओ साहब ने समझी वो ये कि लोगों को दहशत है। वे क्रमिक अनशन करेंगे। लोग घर से नहीं निकल रहे हैं। इतने घंटे हो गए हैं अभी तक पुलिस ने केस का खुलासा नहीं किया है। पुलिस की हत्यारों के साथ साँठ-गाँठ है। अगर छत्तीस घंटों में मारने वाला नहीं पकड़ा गया तो हम यहीं थाने के बाहर धरने पर बैठेंगे।

सीओ साहब ने दाहिना हाथ जेब में डाला और बाएँ हाथ को हवा में उठा-उठा कर उनको वही दिया जो वो जनता को दिया करते हैं। आश्वासन। ''देखिए, हम समझते हैं आप लोगों की तकलीफ़। पूरी कोशिश कर रहे हैं। फ़िलहाल कुछ महत्त्वपूर्ण लीड्स मिली हैं। मेरा विश्वास है कि जल्द केस खुल जाएगा। आप लोगों से निवेदन है कि ज़रा धैर्य बनाए रखें।'' इतनी सी भीड़ के लिए इतना काफ़ी था। सीओ साहब को अब अनुपात वाला चैप्टर समझ में आ चुका था। राजनैतिक प्रश्नों का जवाब राजनैतिक ही होना चाहिए

ये समझने में अब कोई समस्या नहीं रही थी।

सीओ साहब का राजनीति से शुरुआती साक्षात्कार बड़ा दर्दनाक (दर्दहाथ भी) रहा है। दो बचपन की घटनाओं ने राजनीति के सन्दर्भ में इनकी धारणा बनाने-मिटाने में भूमिका निभाई है। दूसरी घटना उन दिनों की है जब एक गृहत्यागी संसारी के बारे में तमाम क़िस्से प्रचलित थे। प्रधानमंत्री के उच्चतम आसन पर पहुँचने वालों के बारे में तब कहानियाँ ग्रेपवाइन पैटर्न पर चल निकलती थीं। फेसबुक, वाट्सऐप जैसे सोशल मीडिया के न रहने के कारण या उनके व्यक्तित्व की ऊँचाई के कारण उच्च आसनासीन लोगों को लोग ज़रा अच्छी निगाह से देखते थे। व्यवस्था से मोहभंग के बाद भी लोगों का लोगों में विश्वास क़ायम था। प्रधानमंत्री की हत्या पर देश रोया था, आज भी ऐसी किसी घटना पर रोएगा लेकिन अब विलाप कम प्रलाप ज़्यादा होगा।

उस गृहत्यागी संसारी ने अपना सारा राजपाठ छोड़कर राजनीति की थी। इस मायने में वो हर्षवर्धन के समान थे। लेकिन जनता इस तथ्य का आकलन करती कि इससे पहले मंडल कमीशन की रिपोर्ट लागू कर दी गई और प्रधानमंत्री के बारे में ग्रेपवाइन में एक थ्योरी चल निकली। ये कि जब वो उत्तर प्रदेश के मुख्यमंत्री थे, बीहड़ में आत्म समर्पण करने वाले एक डाकू से इनकी व्यक्तिगत मुलाक़ात कराई गई थी। न जाने उसने इनके कान में क्या फूँका या अपने जन्म के इतिहास की कौन सी गाथा सुनाई कि अन्य पिछड़ी जातियों से इन्हें गहरा लगाव हो गया। ये लगाव एक बरस के अत्यंत अल्पकालिक प्रधानमंत्रित्व काल में फूटा और मंडल कमीशन की रिपोर्ट जो बरसों से आलमारी में धूल खा रही थी चट निकली और फट लागू हो गई।

अपने सीओ साहब उन दिनों आठवीं के विद्यार्थी थे। इनके बड़े भाई साहब, (प्रेमचन्द वाले नहीं, बल्कि बहुत ही ज़हीन क़िस्म के बड़े भाई साहब जिन्होंने उन दिनों जब आज की तरह कुकुरमुत्तों की तरह उग आए इंजीनियरिंग कॉलेज की भरमार न होते हुए भी एमएनआर की परीक्षा उत्तीर्ण कर एमएमएम इंजीनियरिंग कॉलेज, गोरखपुर में दाखिला लिया था), मंडल कमीशन की सिफ़ारिशों का विरोध करने वाले सबसे अग्रणी आन्दोलनकारियों में रहे। उन्हें साथियों के साथ कुछ घंटों के लिए चौरी-चौरा जेल की हवा भी खिलाई गई। इस तरह से वो ख़ानदान में जेल की सैर वाले पहले सदस्य बने। उनका कॉलेज बन्द कर दिया गया और हॉस्टल ख़ाली करा के सबको घर भेज दिया

गया। प्रिंसिपल की कड़ी चिट्ठी मिलने तक वो घर पर सीओ साहब के हमउम्र बच्चों की बानर सेना बनाकर आरक्षण के विरोध में काल्पनिक लड़ाइयाँ लड़ते रहे।

ये वो समय था जब राजीव गोस्वामी ख़ुद को जलाकर देशबन्धु कॉलेज से उठकर पूरे देश के सवर्ण युवाओं के नेता बन चुके थे। पूरे शरीर में लगी आग और भीड़ के सामने धू-धू करता जलता हुआ शरीर! किसी उद्देश्य के लिए अपनी जान की बाजी लगा देने वाला जज़्बा इस पीढ़ी के लिए नया था। जेपी आन्दोलन की आग ठंडी हो चुकी थी और आज़ादी-वाज़ादी वाला मसला तो कब का राख हो चुका था। कमंडल में पानी की तैयारी अभी पूरी नहीं हुई थी। ये तो बाद में उजागर हुआ कि कमंडल में पानी नहीं अब पेट्रोल भरा जाता है। उस बारूद के ढेर पर चिंगारी पड़ चुकी थी जिसके पटाखे जला-जला कर राजनैतिक दलों ने अपनी-अपनी दीवाली मनाई। लेकिन उस केमिकल फ़ॉर्मूले को डीकोड करने की कोशिश किसी ने नहीं की, आज भी नहीं कर रहे, जिसमें सामाजिक न्याय, सकारात्मक विभेद, समता, समान अवसर जैसे इन्ग्रेडिएन्ट का अनुपात क्या हो कि कालान्तर में दोनों तरफ़ इक्वेशन बराबरी पर छूटे।

ये वो समय था जब टीवी चैनल पर समाचार के नाम पर तमाम एक्सपर्ट बैठाकर अपने शब्द उनके मुँह में ठूँसकर या ब्रेकिंग न्यूज़ के आस-पास आग का दरिया तैराकर डिबेट करने का चलन नहीं था। दूरदर्शन एकमात्र निकट दर्शन भी था। आज जैसा सोशल मीडिया नहीं था, फ़ोटोशॉप जैसा क्रान्तिकारी टूल नहीं था कि फ़ोटो को क्रॉप करके अपने उल्लू की टेढ़ाई कम की जाए। अख़बार भी इस कदर लोकल नहीं हुए थे कि ख़बरों के लिए शौचालय एडिशन, तहखाना एडिशन निकालना पड़े। राजीव की आग लगी हुई ब्लैक एंड व्हाइट तसवीर समाज के काले-सफ़ेद को उजागर करने में कारगर रही।

उसी फ़ोटो का पोस्टर बनाकर बड़े भाई साहब ने एक भावनात्मक अपील लिखी और उस पोस्टर को बानर सेना द्वारा पूरे मुहल्ले में घुमाया गया। हौसला बढ़ा। दूसरे दिन कुछ और पोस्टर बने और दीवानी कचहरी से लेकर कलेक्ट्री कचहरी तक सेना बढ़ी। सेना का इन्टेलिजेंस विभाग कमज़ोर था अन्यथा ये रूट न चुना जाता जिसमें कल शाम आरक्षण के विरोध में ख़ुद

को जला लेने वाले एस. के. सिंह की शव यात्रा का जुलूस भी निकलना था। जुलूस निकला। उसी समय जब सेना का मार्च हुआ। उसी समय जब पुलिस ने अपने भीड़-नियंत्रण स्किल्स का परीक्षण करना चाहा। परीक्षण हुआ। भीड़ तो तितर-बितर हुई लेकिन एक लाठी जाने कहाँ से लहराती हुई आई और सीओ साहब के बाएँ कन्धे को छूती हुई निकल गई। लाठी सोदेश्य नहीं थी लेकिन इस छुवन प्रक्रिया में भी कमउम्र सीओ साहब को बीस दिन का बेडरेस्ट, हल्दी वाला दूध और एक नील दे गई। दर्दनाक मंजर दर्दहाथ हो गया।

राजनीति से पहले साक्षात्कार की घटना कालक्रम में पहले की है इसलिए पहली है वरना उसका असर नवीन है आज तक। इस घटना से चार-पाँच बरस पहले की बात। सीओ साहब अपने दो चचेरे भाइयों के साथ किसी पड़ोसी की बरात में पॉलीटेक्निक चौराहे के पास किसी स्कूल में आए थे। जनवासा था यहाँ। पॉलीटेक्निक चौराहे को आज भी थियानमेन स्क्वायर या रामपुर तिराहे की तरह याद करते हैं ये तीनों भाई। ये वो समय था जब लोकल बरात में बरातियों की संख्या का अनुमान लगाना किसी के बाप के बस की बात नहीं थी। क्योंकि बराती बरात वाली बस का इंतज़ार नहीं करते थे बल्कि ख़ुद ही घूमते-टहलते पहुँच जाते थे। रास्ते में जो भी मिला 'बरात चलो' के नारे के साथ उसे भी ले आते थे। 'कहाँ जा रहे' 'ओलंदगंज, सब्ज़ी लेने' 'इधर से चले चलो...पॉलीटेक्निक पर एक ठो बरात अटेंड करेंगे फिर ले लेना लौटानी में सब्ज़ी।' कुल मिलाकर बरात लड़की वालों पर टिड्डी दल की रेड जैसी होती थी।

इलाहाबाद से गर्मी की छुट्टियों में आए डब्बू और बब्बू भइया भी आज रेड में शामिल थे सीओ साहब यानी मुन्नू के साथ। बरात जनवासे में बैठी सुस्ता रही थी। हालाँकि कुल डेढ़ किलोमीटर का सफ़र बस में तय करके आई थी लेकिन चूँकि बरात थी इसलिए सुस्ताने का पूरा हक़ लेकर आई थी। अभी तो बहुत से कलमठ (कर्मकांड) बाक़ी थे। अभी उसे 'ज़रा जल्दी कर लें...मुहूर्त' वाली चिरौरी करवानी थी, 'चाय टाइम पर नहीं मिली' पर ऐंठना था, 'मटर पनीर में पनीरै नहीं' पर चिढ़ाना था, 'स्कूटर का नगद नहीं' पर रूठ जाना था, 'इकलौते फूफाजी को टीका नहीं' पर फैल जाना था। ये सारे काम सफलतापूर्वक हो सकें इसलिए सुस्ताना था। डब्बू, बब्बू और मुन्नू

दो-दो प्लेट नाश्ता कर चुके थे। जाने उसे पचाने की गरज से या महज़ हवाखोरी करने को वो जनवासे से आस-पास के निरीक्षण को निकले। दाहिनी तरफ़ हाई-वे था। बाईं तरफ़ था खुला मैदान। मैदान के दूसरे छोर पर श्वेत पताका की तरह एक बुर्ज दिख रहा था। उनकी बाँछें अँधेरे में दिखीं नहीं पर खिल गईं। ये भाषण देने वाला मंच था। वो राजीव गांधी के 'हमने देखा है...हम देखेंगे...हमने एक पैकेज बनाया है दो करोड़ रुपयों का जिसमें हम देखेंगे कि हमारे बेरोज़गार भाइयों को रोज़गार मिलेगा' वाला कॉल था। मुन्नू अपनी मिमिक्री कला की प्रैक्टिस कर सकते थे। अच्छा मौक़ा था। सामने झींगुरों और कीट-पतंगों का अपार जन समूह सुनने के लिए। मंच के दाहिनी तरफ़ सीढ़ियाँ उतर रही थीं जो मंच पर जाने के लिए थीं। नीचे लाने के लिए भी थीं, ये तस्दीक अभी तक नहीं हुआ था। तीनों उस तरफ़ लपके।

'पहले आप' वाली लखनवी परम्परा से नहीं वरन आगे होने और तत्समय लम्बी टाँगों की वजह से सबसे पहले डब्बू भइया सीढ़ियों तक पहुँचे और फलाँगते हुए ऊपर चढ़ने लगे। फिर बब्बू और आखिर में मुन्नू। दो...चार... छः ...आठ और धपाक! ग़ायब। डब्बू भइया सीढ़ियों से ऊपर पहुँचे और ग़ायब हो गए। धपाक की आवाज़ के तक़रीबन बीस सेकंड बाद कहीं तलहटी से आवाज़ आई 'आह! मर गया रे।' बब्बू छठवें नम्बर की सीढ़ी पे फ्रीज़ हो गए थे और मुन्नू दूसरे। 'मर गया रे' को इहलौकिक मानते हुए बीस सेकेंड के बाद 'था' (अंग्रेज़ी वाला) एक्शन के साथ मुन्नू चौथे नम्बर की सीढ़ी तक आए और बब्बू आठवें। और एक बार फिर धपाक! मुन्नू फिर से फ्रीज़ हो गए क्योंकि इस बार बब्बू ग़ायब थे। बीस सेकेंड के अन्तराल के बाद तलहटी से फिर वही आवाज़ें 'आह! आह! मर मर! गया गया! रे! रे!' मुन्नू के लिए ये जीने और मरने के बीच की सीढ़ी थी। वो चढ़कर मरे नहीं बल्कि उल्टे पाँव नीचे उतरे और मुआयना किया। पता चला कि उस मंच की छत से पटिया हटा दी गई थी। दीवारें थीं छत नहीं। छत टेम्परेरी बनाई जाती थी किसी नेता के कार्यक्रम के लिए। बब्बू और डब्बू भइया मरे नहीं थे बस लगभग दस फ़ीट की ऊँचाई से नीचे टपक गए थे और झाड़ियों में उलझे पड़े थे। डब्बू भइया की कलाई घिसट गई थी और बब्बू भइया की कमर के घेरे पर एक हफ़्ते तक आयोडेक्स मलना पड़ा था। वो दिन है और आज का दिन, सीओ साहब

वीआईपी ड्यूटी में भी कभी मंच की सीढ़ियों तक नहीं आते। राजनीति से ये उनका पहला साक्षात्कार था।

राजनीति से विदा लेकर सीओ साहब एंड कम्पनी बिज़नेस की तरफ़ लौटे। एसओ साहब ने बताया कि गजेंदर सिंह को बुलवा लिया है, आता ही होगा। अभी तक हवा में तीर चलाने वालों का किसी ठोस दिशा में तीर चलाने का मौक़ा आ गया था। ज़र–जोरू–ज़मीन वाले त्रिभुज में ज़मीन को मानसिक एनसर्किल करते हुए सीओ साहब वापस कमरे में लौटे।

धारा 4 *

विवेचना स्वतंत्र होगी। विवेचक मात्र पति की भूमिका में रहेगा। कालान्तर में इसके कई प्रेमी होंगे और विवेचना कुल्टा हो जाएगी।

8

इन्टेरोगेशन रूम
थाना : सरायपोख्ता
हाँ भई! थाने का इन्टेरोगेशन रूम!

वैसे ये अलग-अलग समय पर सुविधानुसार थानेदार साहब का ऑफ़िस, दिन में दो से तीन के बीच उन्हीं का आराम करने का कमरा, मीटिंग रूम, सीनियर अधिकारी के निरीक्षण के समय उनके बैठने का कमरा, मीडिया ब्रीफ़िंग रूम आदि-आदि था। चूँकि इस समय यहाँ पूछताछ का ब्रह्म ज्ञान लिया-दिया जा रहा था इसलिए इसे इन्टेरोगेशन रूम ही कहेंगे। इसी कमरे से अटैच बाथरूम जैसा कुछ था जिसमें देसी सीट पर विदेशी फ़्लश लगवाकर ये बताने का प्रयास किया गया था कि पाश्चात्य जीवन-शैली ने अपनी मुट्ठी से सरकारी विभागों का दरवाज़ा भी खटखटाया था। दरवाज़ा खुलने की सरकारी प्रक्रिया में टाइम लगता देख वह खिड़की से कुछ सामान फेंककर चलती बनी। हड़बड़ी में तो रहती ही है।

हालाँकि पानी का कनेक्शन जल संस्थान ने अब तक 'चूँकि किसी कंज्यूमर का नाम नहीं है इसलिए...' जैसे किसी तर्क से टाल रखा था फिर भी पानी की आपूर्ति का प्रबन्ध था। अहाते में लगे उसी चाँपाकल से जिसके नीचे बैठकर 'तू चला मैं नहाऊँ, तू ही चला तू नहाए' वाले फ़ॉर्मूले से बैरक में रहने वाले सिपाही दिन की दोस्ताना शुरुआत करते थे। रात की पाली में लगने वाला होमगार्ड इस चाँपाकल से पाँच लीटर वाले डालडा के डब्बे से अटैच बाथरूम में बर्जर पेंट के डब्बे का संसर्ग कराता था। जिस दिन किसी कारण से नागा हो जाता था तो फिनाइल की अतिरिक्त गोलियों के बाद भी बैठने के लिए बरामदे का इस्तेमाल करना पड़ता था।

इसी इन्टेरोगेशन रूम में सीओ साहब ने मेज़ पर दोनों कुहनियाँ रखी थीं। कुहनियों के बीच एक बालिश्त भर की दूरी इस वास्ते छोड़ी गई थी कि ए-4 साइज़ का पन्ना चौड़ाई में आराम से आ जाए। मुट्ठियों के गठजोड़ पर बने पिरामिड पर अपनी ठुड्डी, जो खुजा-खुजा कर सुजा दी गई थी, टिका रखी थी। ठुड्डी पर ही सिर धरा था जिसके बाबत बड़े गर्व से वो ये शे'र पढ़ते थे—

अब तक भी शराफ़त का उतरा न जुनूँ मुझसे।
मैं धड़ पे अभी अपना ही सिर लिए फिरता हूँ ॥

इसी सिर पर 'केस वर्क आउट करो वर्ना...' की अदृश्य तलवार लटका रखी थी जिसे शून्य में इधर-उधर सरका रहे थे।

मेज के दाहिनी तरफ़ एसओ साहब बैठे थे। ये वही स्थान था जहाँ उल्लिखित बाथरूम में जाने और आने के समय बेल्ट ढीली-टाइट करने का अभ्यास किया जाता था। इस कोने में अपना कुर्सीनुमा चौपाया आज सायास लगवाया था क्योंकि कल ही उनके थाने पर प्रकाशमणि थपलियाल जो वास्तु, नम्बर और ज्योतिष के मिले-जुले संस्करण थे, किसी काम से आए थे और उन्होंने बताया था कि हमेशा उच्चाधिकारियों के दाहिने आसन ग्रहण करो इससे परिस्थितियाँ अनुकूल रहती हैं, और अधिकारी आपसे कभी क्रोधित नहीं हो सकता। मेज़ की बाईं तरफ़ कुछ नहीं था। कुछ नहीं का मतलब थाने में भी कभी-कभी कुछ नहीं ही होता है। सामने दो बजे की लाइन में एसओजी के दो कांस्टेबल एक अदद सरकारी लैपटॉप और एक व्यक्तिगत डायरी पर झुके हुए थे। वो लैपटॉप में कुछ देख रहे थे और डायरी में कुछ लिख रहे थे या डायरी में कुछ देख रहे थे और लैपटॉप में कुछ लिख रहे थे बस इसी बात की मॉनीटरिंग के लिए हेड कांस्टेबल प्रमोद सिंह उनके ऊपर दुहरे हुए जा रहे थे।

सरदारजी अकेले नहीं आए थे। थाने पर अकेले आने की हिमाकत वैसे भी विरले ही करते हैं। उनके साथ एक मारुती जेन और दो बोलेरो भी आई थीं। एसओ के कमरे में क़दम रखने से पहले उन्होंने बाएँ हाथ से पर्दा हटाया और दाहिने हाथ को बग़ल में दबाते हुए शरीर से नब्बे डिग्री का कोण बनाते हुए पूछा—

"अन्दर आ जाएँ सरजी?" हाँ सुनकर एक-एक करके पाँच पगड़ियाँ दाख़िल हुईं।

"सरजी ने बुलवाया...सेवा बताओ सरजी।"

"आप में से गजेन्द्र सिंह कौन साहब हैं?" सीओ साहब क्रिस्प, क्लियर और टू दि पॉइंट रहना चाहते थे, "बाक़ी लोग ज़रा बाहर वेट करें।"

"जी...जी सर कोई नहीं हम बाहर ही हैं...गजेंद्दर को बुलाओ ओए..." कहते हुए वो पाँचों पगड़ियाँ बाहर चली गईं और ओए के 'ए' के दस सेकंड बाद गजेंदर नाम से जो शख़्स अन्दर आए वो बिना पग वाले थे।

आते ही उन्होंने दाहिने हाथ को नाक की सीध में करते हुए सैल्यूट सा किया और इससे पहले कि लगता 'क्या बात...क्या बात...क्या बात' बोलने वाले हैं उन्होंने सत श्री अकाल कह कर पग धारण न करके भी अपने सिख होने की पुष्टि सी कर दी। इन्हें पग नहीं था लेकिन अमिताभ बच्चन ब्रांड, जिसे जाने क्यों लोग फ्रेंच कट कहते जाते हैं, दाढ़ी थी। क़ायदे से इसे गोटी विद कनेक्टेड मुष्टाश कहना चाहिए। फ्रेंच कट या वैन डाईक में तो मूँछों एवं दाढ़ी का अपना-अपना स्वतंत्र अस्तित्व होता है। होती दोनों हैं लेकिन मूँछों की किनारी त्वचा को छोड़कर बाहर को निकल जाती है।

हर दो-तीन वाक्य बोलने के बाद वो माथे के उस भाग के बाल अपनी दो उँगलियों में लेकर मसलते थे जो भौगोलिक स्थिति की दृष्टि से मूँछ नहीं है लेकिन समाजशास्त्रीय दृष्टि से उससे काम वही लिया जाता है। जिसके ऐंठकर ऊपर चढ़ जाने से एक आदमी की नहीं पूरी संस्कृति की मर्दानगी टपकने लगती है। आमफ़हम भाषा में जिसे भौं कहते हैं। वो ऐसा तब करते थे जब शून्य में ताकते थे और शून्य में ताकते उन्हें तब पाया जाता था जब वो रुपयों-पैसों की बात कर रहे होते थे। चूँकि इस समय पुलिस का हर दूसरा सवाल रुपए-पैसे से सम्बन्धित था इसलिए वो लगभग लगातार शून्य में देख रहे थे और निरन्तर भौं ऐंठ रहे थे।

भौं ऐंठते-ऐंठते ही उन्होंने बताया कि किस तरह वो और उनकी प्रेमिका दिलजीत कौर ने घर से भागकर शादी की और दिल्ली आ गए। दिलजीत के घरवाले एक वेल्ले से शादी को तैयार न थे। अगर तैयार हो गए होते तो...। दिल्ली में किंग्जवे कैम्प के पास उन्होंने कैसे एक छोटी सी चाय की दुकान से शुरुआत की।

"दुकान भी क्या थी एक ठेला था जिसे अग्रवाल पंसारी ने अपनी दुकान के आगे लगवाया था और जिसके वो बीस रुपए दिन लेता था। आमदनी भी कुल पचास-साठ रुपए दिन की होती थी। हम दोनों काम करते थे। धीरे-धीरे हमने चाय-बिस्कुट से जूस की दुकान और फिर एक दुकान के बेसमेंट को किराए पर लेकर छोटा सा रेस्टोरेंट बना लिया। हमने दो लड़कों को काम पर रखा। फिर मैंने रेडीमेड कपड़ों का व्यापार शुरू किया। डेली बाज़ार में मैं सोमवार से रविवार तक अलग-अलग मुहल्लों में लगने वाले बाज़ार में ठेला लगाता था। हमारी कमाई बढ़ गई थी सो हमने एक मकान भी ख़रीदा था बुराड़ी में। हमने एक होटल बनाने की बात सोची थी सो उस दिन उसकी साइट देखकर पेशगी देने मैं मेरठ गया था।

"ये सन चौरासी की बात है। अक्टूबर-नवम्बर के दिन थे। दो नवम्बर की सुबह मैं वापस आ रहा था। हमें मुरादनगर में बस से उतार दिया गया। बताया गया कि दिल्ली में दंगे हो गए हैं। हज़ारों सिक्खों को मार गिराया गया है। कर्फ्यू लग गया है। मेरी कुछ समझ न आया कि क्या करूँ। उन दिनों फ़ोन-फ़ान तो होते नहीं थे। दिलजीत की, घर की, बड़ी चिन्ता हो रही थी। किसी तरह बचते-बचाते मैं रात तीन बजे घर पहुँचा। हमारे घर तो सब ठीक था लेकिन रेस्टोरेंट में तोड़-फोड़ हुई थी, कपड़ों का स्टोर जला दिया था जिसका पता हमें तीसरे दिन लगा था। अगली गली में हमारी बिरादरी के तीन लोग मारे गए थे। साहब, पहली बार हमें हमारी बिरादरी का पता चल रहा था। जिन लोगों के साथ अभी एक दिन पहले तक हमारा उठना-बैठना, खाना-पीना था वही हमें हमारी बिरादरी की याद दिला रहे थे। सब बड़ा ख़ौफ़नाक था। कर्फ्यू उठने के बाद सब नॉर्मल होने में महीनों लगे थे। नॉर्मल भी कहाँ कुछ हुआ था। हमारे पास छत तो थी लेकिन रोटी कमाने का जुगाड़ ख़तम हो गया था। कुछ पैसे जमा कर रखे थे लेकिन फिर से कारोबार उठाने का दिल नहीं किया। महीनों ऐसे पड़े रहे। खिन्न हो गया था मन। फिर सब बेच-बाचकर देहरादून आ गए। पता नहीं देहरादून ही क्यों आए? यहाँ प्रॉपर्टी का काम शुरू किया चिमियाल जी के भतीजे के साथ। आप सब की कृपा से अब सब ठीक-ठाक है। लेकिन दो बार घर से बाहर होने का दर्द...। अगर दंगे न हुए होते तो...।"

क़िस्सा सुनने से पहले पुलिसवाले भ्रमित थे। सरदारजी का ये क़िस्सा

किसी को भी द्रवित करने के लिए काफ़ी था लेकिन पुलिसवाले भ्रमित होने तक ही पहुँचते हैं। द्रवित होने से पहले ही कोई काम आ जाता है।

सत्यभान को जानने की बात स्वीकार की। नाक घुमाकर पकड़ी लेकिन पकड़ी। वाहे गुरु की कृपा से अब उनका एक छोटा सा ऑफ़िस है। उसी ऑफ़िस में काम करने वाले बन्दे ने सत्यभान की मुलाक़ात सरदारजी से कराई थी।

''ओ जी मकान तो उसका दो कौड़ी का था पर उसके घर की स्थिति देखते हुए मैंने ही उससे 26 लाख में सौदा डन कर लिया। बारह लाख दे दिए थे बाक़ी के चौदह एक-दो दिन में देने ही वाला था। भगवान को कुछ और ही मंजूर था। रुपए मेरे पास पड़े हुए हैं, मैं कल जाकर उसकी घरवाली को दे आऊँगा। हौर तो बाक़ी कुछ जानता नहीं उसके बारे में, दो-तीन बार की मुलाक़ात थी बस। आप हुकुम करो जी।''

इनकी बातों से उस शक को कोई हवा नहीं लगी जो हत्या के बाद पुलिसवाले को अमूमन हर जानने वाले पर करने की हिदायत है। फूँक मारने की भी जगह न दी सरदारजी ने। पुलिसवालों ने अपनी नज़र दूसरे आगन्तुक पर टिकाई।

धारा 5 *

समय और स्थान की सुविधानुसार थाने के बहुत से भारसाधक अधिकारी होंगे। भारसाधक अधिकारी का भार कम से कम क़ानून की किताब के बराबर होगा।

9

समझदारी किसी से पूछकर नहीं आती। उसको जब आना होता है तो किसी भी शक्ल में आ जाती है। जिसको आती है, आती है। जिसको नहीं आती, उम्र भर नहीं आती। कुछ ऐसे भी लोग होते हैं जिनको बीच-बीच में आती-जाती रहती है। आम तौर पर ऐसे लोग सरकारी विभाग में ज़्यादा पाए जाते हैं। पप्पू इसी तीसरे सरकारी टाइप का प्राइवेट वर्ज़न था। तीन दिन से उसे समझदारी नहीं आई थी। कोई मेजर फ़ॉल्ट रहा होगा। आज अचानक जब चीता मोबाइल (मोटरसाइकिल गश्त पार्टी) से दो सिपाही उसका नाम पूछते विस्थापित कॉलोनी में उसके ठिये पर पहुँचे तो अचानक आ गई।

थाने में पहुँचते ही और ज़ोर की आ गई। फिर उसने पुलिस के सामने जो बका वो इंटरवल के बाद कहानी के क्लाईमैक्स के लिए ज़रूरी आइटम था, और जो धारा 161 सीआरपीसी में बाक़लम ख़ुद आईओ बद्ध हुआ। पुलिस के सामने बकना या परिमार्जित रूप में 161 का बयान उस प्रक्रिया को कहते हैं जिसमें कहने वाला बिना कॉमा, फ़ुलस्टॉप के कहता चला जाता है। सुनने वाले के पास ये सुभीता होता है कि वो उसमें से 'फाटक निकाल कर हाटक' ग्रहण कर सके और लिखने वाले को ये सहूलियत होती है कि वो उसमें अपनी इच्छानुसार 'बयान किया कि...मजीद पूछताछ में बताया...तस्दीक किया...' जैसे जुमलों का खुलकर प्रयोग कर सके। जो-जो जानकारी खुलवानी हो खुलवा सके। ये महज़ पुलिस की मानसिक जुगाली के लिए है। इसका न तो कोई कोरोबोरेटिव एविडेंशियरी वैल्यू है न ही कन्ट्राडिक्टिव रह जाता है।

पूछताछ में बताया कि ''मैं मृतक सत्यभान उर्फ़ भानू को अच्छी तरह जानता हूँ। दो-तीन साल पहले भानू भाई ने अपने घर पकिया माजरी में कपड़े सिलाई की दुकान खोली थी जिसमें मैं सिलाई का काम करता था। मैंने वहाँ दो-तीन महीने काम किया फिर छोड़ दिया था। गई सत्रह तारीख़ को मेरा मेरी

अपनी बीवी से झगड़ा हो गया था। मुझे सौ रुपए की ज़रूरत थी। क्या बताऊँ साहेब मूड ओफ हो गया था। तलब लग गई थी लेकिन जेब में फूटी कौड़ी भी नहीं थी। मैंने सोचा भानू पे मेरे काफ़ी रुपए निकलते हैं, एक सौ रुपए तो दे ही देगा तो मैं भानू भाई से लेने की बात सोचकर उधर की तरफ़ आया। दिन में क़रीब तीन बजे जब उसके फेब्रेट ठेके पर गया तो उसके साथ वहाँ योगेंदर भी था। दोनों ने पी रखी थी। सत्यभान तो ठीक से चल भी न पा रहा था। मैंने पैसे माँगे तो उसने कहा कि उसके पास नहीं हैं, दारू भी योगेंदर भाई ने पिलाई है। योगेंदर के पास एक मोटरसाइकिल जेडएमआर थी जिस पर सत्यभान को बैठा कर वो जाने लगा तो मैंने कहा मुझे भी ले चलो, चपारगाँव के तिराहे पर उतार देना। उसने मुझे भी पीछे बैठा लिया और तिराहे पर उतारकर सत्यभान को लेकर आगे चला गया। बाउजी, इसके बाद मैंने सत्यभान को नहीं देखा। धरती क़सम बाउजी, चाहो तो योगेंदर से पूछ लो। धनियावाला बाज़ार में बैंक का एटीएम है न उसके पीछे गली में रहे है। उसका मोबाइल लम्बर भी है मेरे मोबाइल में।''

भानू की हत्या के बारे में पप्पू ने कुछ ख़ास नहीं बताया लेकिन अगली कड़ी जरूर थमा दी।

''यहीं ले आओ योगेंदर को...साले को देख लिया जाए।'' वैसे तो ये बात एसओ साहब ने फ़ोन पर कही थी लेकिन जिस फुर्ती से योगेंदर की पेशी हुई, लगा कि वो अगले कमरे में ही रहता होगा और सिपाहियों ने उसे वहीं दबोच लिया होगा।

उसको देखकर लगता था कि उसकी अगर कोई दुनिया नाम की शय है तो वो लुट चुकी है, और जब वो लुट रही थी तब वो गहरी नींद में था। और जैसे ही नींद खुली रपट लिखाने थाने आ गया। इल्जाम धरने के लिए वो इधर-उधर देखता था फिर कोई माकूल सर न मिलने पर अपनी गर्दन झटक कर अफ़सोस करने लगता था। बढ़ी हुई दाढ़ी, खड़े-खड़े बाल, खुली-खुली आँखें, पिटे-पिटे गालों में वो किसी धोख़ा खाए हुए शायर का वीजीए कैमरे को फुल जूम कर लिए हुए फ़ोटोग्राफ सा लगता था। हर दो मिनट बाद वो महेश भट्ट की तरह शरीर के किसी न किसी अंग की खुजली मिटाता था और हर बार बोलने से पहले के. एन. सिंह की तरह एक भौं ऊपर चढ़ा कर छोड़ देता था। महेश भट्ट और के. एन. सिंह की याद इसलिए क्योंकि

योगेंदर उर्फ़ डब्बू अगर फ़िल्मी दुनिया में जाता तो ग़रीबों के मिठुन चक्रवर्ती का रोल कर सकता था जिसे ख़ुद शुरुआती दौर में ग़रीबों का अमिताभ बच्चन कहा गया। दाहिने-बाएँ देखने के लिए वो झटके के साथ सर घुमाता था और घुमाते समय सर के पीछे की ज़ुल्फ़ें अति उत्साह में कान के आगे आ जाती थीं।

"सामने वाली खिड़की बन्द कर दो...इधर पर्दा लगा लो।" सीओ साहब हमेशा की तरह सँभल कर चलना चाह रहे थे।

वो नहीं चाहते थे कि बाहर से कोई तथाकथित पत्रकार चुपके से फ़ोटो खींच ले और प्रेस ब्रीफ़िंग के बाद उसे अलग से बोतल का चढ़ावा देना पड़े। डब्बू ने झटके के साथ अपने बाएँ कान की ओर बाल उछालते हुए दाहिनी तरफ़ उस खिड़की को देखा जिसकी चिटकनी आधा रास्ता तय करते-करते ही अटक गई थी। इस बात की पूरी आश्वस्ति के साथ कि वो बन्द हो चुकी है, उसी से टिककर मिसिरजी खड़े मुस्कुरा रहे थे और इस बात की पूरी तस्दीक के साथ कि वो खुली है, कुछ शोहदे टाइप के पत्रकार बाहर से अन्दर की ओर ताँक-झाँक में थे। डब्बू के बदन में बुदबुदी दौड़ रही थी। ये गुदगुदी का सहोदर रूप थी जिसमें डर, रोमांच पर चढ़-चढ़ के आता था। उतरते समय डब्बू स्वतः ही कुछ बुदबुद करने लगता था जिसे बयान के रूप में दर्ज किया जा रहा था। थ्योरी वही 'म्यूचुअल कंसेंट एंड कम्पटीशन' वाली लागू थी, बस प्रैक्टिकल में कम्पटीशन वाला पलड़ा बार-बार भारी हो जा रहा था इसलिए डब्बू पर हो रही प्रश्नों की बौछार से ये निकालना बड़ा मुश्किल हो रहा था कि मुँह पर पीक किसने मारी और पीठ पर किसने।

"मैंने कुछ नहीं किया सर।"

"नाम बता साले?"

"सर योगेंदर सर..."

"बाप का नाम?"

"नाथू राम सर...मैंने कुछ नहीं किया सर!"

"हमने कब कहा कि तूने कुछ किया है बैहन..." पुलिस ने इस शब्दयुग्म को आलमोस्ट पेटेंट करा लिया है उसी तरह से जैसे 'पार्टनर' शब्द को।

मुक्तिबोध के 'पार्टनर तुम्हारी पॉलिटिक्स क्या है' की तर्ज पर यहाँ भी 'पार्टनर तुम्हारी पुलिसिंग क्या है' चल निकला है। जैसे कि तमाम समवर्ती

अपराधों के बावजूद पुलिस आज भी एक राज्य सूची का विषय है और मात्र उद्विकास के किसी नुकीले बिन्दु पर जाकर एक राज्य का ये विषय दूसरे से मिलता है। अन्यथा उसी प्रचलित अफ़वाह के तहत जिसमें कोस-कोस पर भाषा, खान-पान बदलने, मुँडे-मुँडे मतिर्भिन्ना के बाद भी प्यारे-प्यारे फूल गुँथी माला में एक हैं वाली बात की गई है, ये बहन...वाला शब्द-युग्म भी रंग बदलता है और भाषा-बोली की मान्यता के अनुसार ढल जाता है। पंजाब, दिल्ली और पश्चिम उत्तर प्रदेश के आस-पास इसमें एक अजीब सी हुँकार आ जाती है जिससे 'ब', 'भ' के और 'न' 'ण' के आगे घुटने टेक देता है। बनारस और पूर्वी उत्तर प्रदेश में अतिरिक्त दबाव देने के कारण 'ह' पर एक अतिरिक्त छोटी 'ई' की मात्रा टँग जाती है और अतिरिक्त लापरवाही के प्रदर्शन से अक्षरालोप होता है जिसकी वजह से शब्द टूटकर ओकारांत हो जाता है। यहाँ पहाड़ पर पहुँचकर अक्षरालोप तो बरकरार रहता है पर उसमें पहाड़ी मासूमियत के साथ थोड़ी तुतलाहट सी शामिल हो जाती है।

"सत्यभान को कैसे जानता है?"

"सर बस जानता हूँ सर।" कैसे पर अटकने के बाद बताया कि रिश्तेदारी है सर थोड़ी।

"अबे थोड़ी क्या होती है बैहन... ?"

"सर वो।"

"साथ दारू पीते थे तुम लोग?"

"हंजी सर, कभी-कभी।"

"काहे गुरु...अक्सर पियत रहे होबो?"

... ...

"माने कि अक्सर पीते रहे होगे आपजन, काहे से कि भनुआ त बहुत पियत रहा।"

... ...

"सर...ओकर ससुर कहत रहेन...मल्लब का कहा जाए...कहत रहेन कि ओके दारू एतनी पसन्द रही कि ओकर नकुरा दबाय के दारू के कंडाल में डुबोय द तबहौं ई न कही कि साँस फूलत बा..."

"मैंने कुछ नहीं किया सर।"

"साले तैंने मारा क्यों?"

"मैंने कुछ नहीं किया सर।"

"चलो ठीक है इसने कुछ नहीं किया भई, सब लोग सुन लो...हम तुम्हें घर भेज देंगे बस ये बता दो सत्यभान को किसने और कैसे मारा?"

"...मैंने कुछ नहीं किया सर।"

"देख बड़े साहब हैं...ये चाहेंगे तो सब ठीक हो जाएगा। हम तुझे ख़ुद घर तक छोड़ कर आएँगे, बस अब नखरे मत कर बता दे।"

"मैंने कुछ नहीं किया सर।"

"साले बैहन के...तेरी..." पुलिस वालों के सबकी माँ-बेटियों से अन्तरंग सम्बन्ध होते हैं। डब्बू को इस पर कोई आपत्ति नहीं थी।

"मैंने कुछ नहीं किया सर।"

"अबै मरिबै एक लहपटा मोह पछवाड़े होई जाए तोहार...ऐसे न बताए ससुर, पानी पियावै के पड़ी।"

"पानी पिलाओ साले को।"

चार घंटे हो चले हैं। होमगार्ड मिसिरजी से लेकर एसओ साहब तक पूरी हायरार्की फ़्लैट होने लगी है। डब्बू 'मैंने कुछ नहीं किया सर' से आगे ही नहीं बढ़ रहा है। सीओ साहब अपनी तन्मयता नहीं खो रहे हैं। हर गाली के साथ अन्दर नफ़ासत की एक नस चट से टूटती है। हर थप्पड़ पर 'सर्टिफिकेट इन ह्यूमन राइट्स' का एक अध्याय पिघल कर पसीने के साथ बह जाता है। लेकिन हर बार 'मैंने कुछ नहीं किया' सुनते ही सावित्री देवी का चीत्कार गर्म सीसे की तरह कान में हिलोरें लेने लगता है। वो बार-बार मिसिर, चन्दन, नवीन, पूरण, दिनकर और आज पहली बार ख़ास पूछताछ में शामिल पड़ोसी थाने बर्रावाला के एसओ राकेश भूषण देवली और उनके कारख़ास कॉन्स्टेबल मंगला प्रसाद को रोकना चाह रहे हैं कि बस करो लेकिन बार-बार अपने मन की बात कह नहीं पा रहे हैं क्योंकि पहली बार कोई बहुत बढ़िया वाला सुराग हाथ आया है, अगर इससे बात नहीं खुली तो भविष्य जली लाश की तरह ही काला है।

पूछताछ के इस बाबा आदम के ज़माने के अवैज्ञानिक तरीक़े से बार-बार मन अघा जा रहा है लेकिन वो जानते हैं कि साइंटिफिक इन्वेस्टिगेशन उस डकार की तरह है जो पेट भरने के बाद ही आती है। चंचल वर्मा हिट एंड रन केस में उसे पहले लेने की कोशिश की गई। स्किड मार्क्स, पेंट मार्क्स के

सैम्पल भेजे गए टेस्ट के लिए और रिपोर्ट से केस ही उलट गया। इसीलिए पुलिस आज भी आँख–कान को सबसे बड़े वैज्ञानिक उपकरण मानती है, और मौक़ा–ए–वारदात पर मौजूद प्रत्यक्षदर्शियों के बयान को सबसे बेहतर रिपोर्ट। ये अलग बात है कि 161 सीआरपीसी से जज के सामने पहुँचने तक अक्सर इस रिपोर्ट के पन्ने फट जाते हैं।

मालखाने के बरामदे से लकड़ी की दो ऐसी कुर्सियाँ लाई गई हैं जिनके हत्थे हैं। आजकल थाने या थानेदार की कुर्सी तो होती है लेकिन हत्थे की ज़रूरत ख़तम सी है। या तो क़ानून ने अपने हाथ छोटे कर लिए हैं, अक्सर जेब में समा जाते हैं या फिर थानेदारी के लिए पैर और हाथ के सामंजस्य की परिभाषाएँ बदल गई हैं। वो पैर जमाता है तो हाथ काटने पड़ते हैं, हाथ उगाता है तो पैर उखड़ जाते हैं। ये वही वाली बात है कि 'ज़िन्दगी तूने मुझे क़ब्र से कम दी है ज़मीं / पाँव फैलाऊँ तो दीवार में सर लगता है।' इन कुर्सियों में एक का बायाँ हत्था है और एक का दाहिना। दाहिने हत्थे वाली कुर्सी को बाएँ हत्थे वाली के बाएँ सजाकर बीच में लाठी का एक पुल बना दिया गया है। इसी पुल पर एक डमरू लटका दिया गया है जिसे पास से देखने पर पता चलता है कि वो डब्बू मियाँ हैं।

मंगला के कहने पर चन्दन बैरक से अपनी हवाई चप्पल ले आए हैं। मंगला ने उन्हें चन्दन से लेकर अपने दोनों हाथों में पहन सा लिया है। ये उनका फोर्टे है, विशेषज्ञ माने जाते हैं इसके। डब्बू इसके इस्तेमाल को लेकर तभी तक कन्फ्यूज़ रहे जब तक इस्तेमाल शुरू न हो गया। शुरू होते ही तपाक से समझ में आ गया। हवाई चप्पल विशेष तौर पर बाटा का शुक्रिया पुलिस वालों की तरफ़ से बनता है क्योंकि दर्द और निशान के ग्राफ़ पर मामला पहले क्वार्टर में लम्बवत छूटता है। मतलब साँप मर जाता है और लाठी भी नहीं टूटती। और तो और इस बात की तस्दीक भी नहीं हो सकती कि इसी लाठी से साँप को धोया गया था।

"मैंने कुछ नहीं किया सर, मेरी तो सर...मेरी तो मति मारी गई थी सर।"

"हाँ हाँ बोलता जा तोते की तरह बोलता जा, रुकना मत, बता किसने मारा?"

"सर अजय और रमेश ने सर..."

"अजय वो जो कल आया था हीरो टाइप...वो तो मृतक का भतीजा है न?"

“हाँ, सर अजय सत्यभान भाई के बड़े भाई जगदीश प्रसाद का लड़का है और रमेश उनका दामाद।”

“वाह क्या ख़ानदान है साला... ख़ानदानी तो तू भी लगता है कैसे जानता है इनको?”

“सर रमेश मेरा भतीजा हुआ।”

“य्ये बात...तू भी रस्सेदार निकला! अब ये बता क्यों किया उन्होंने ऐसा काम और कैसे किया? चल डीटेल में बता दे हम तुझे कुछ नहीं करेंगे।” एसओ साहब ने लहराकर क़लम निकाली और अपनी डायरी पर झुक गए।

“सर दो-तीन दिन पहले मुझे जगदीश प्रसाद का लौंडा अजय और मेरा भतीजा रमेश, दोनों मुझे माजरी चौक पर मिले और मुझसे कहा कि तुम्हें एक काम करना है जिसके लिए कुछ पैसे मिल जाएँगे। मैंने पूछा क्या करना है तो बोले कि कुछ ख़ास नहीं, बस सत्यभान भाई को दारू पिलानी है और एयरपोर्ट वाली रोड पर लाना है। हम तुम्हें बीस हज़ार रुपए देंगे। ये सुनकर मेरा तो साहब माथा ठनक गया। मैंने कहा, तुम लोग क्या करने वाले हो? वो बोले, आम खाओ पेड़ क्यों गिनते हो? बताइए साहब ऐसा कहा उन्होंने। मैंने कहा, न! जब तक मुझे नहीं बताओगे मैं उसे नहीं लाऊँगा। फिर उन्होंने बताया सर।

“मैंने उनको बहुत समझाया सर। लेकिन सर मैं ग़रीब आदमी हूँ। मैं भी झाँसे में आ गया। मेरी मति मारी गई थी सर। सर अजय ने ही मुझे तीन सौ रुपए दारू के लिए दिए। उसी ने अपनी मोटर साइकिल भी दी। मैंने कुछ किया नहीं सर।

“उसी दिन तीन बजे दिन के क़रीब सत्यभान भाई मिले माजरी चौक पर। ख़ाली आदमी है सर डोलता रहता है इधर-उधर दारू के जुगाड़ में। मैंने उसे शराब पीने चलने को कहा तो अपनी जेब उलट कर बोला मेरे पल्ले कुछ ना है। फिर मैंने उसे तीन सौ रुपए दिखाए तो झट तैयार हो गया। वो कहावत है न सर जब गीदड़ की मौत आवे है तो शहर लौं भागे। मैं उसको मोटर साइकिल पर शहर मतलब ठेके पे लाया। वहाँ मैंने एक-एक कर तीन पव्वे शराब के लिए। मैंने तो बहुत कम, ख़ाली उसे दिखाने को पी, पर उसने दबा के पी ली। मुफ़त की मिले तो काहें न पिए भला! उसने कहा काहे नहीं ले रहे हो? तो मैंने उसको कहा कि देसी पीने में मज़ा नहीं है, रमेशवा जाने कहाँ से टंच माल लाया है। कल चखाया था गुरु एक पैग! तब से ससुरा ई गुलब्बो

से मन डोल गया है। चखनी हो तो बताओ। साहब हम लोगों को तो बोतल भी कभी-कभी देखने को मिलती है। सत्यभान भाई तैयार हो गए।

"हम चलने वाले थे तब मिला था पप्पू। पैसे माँग रहा था। सत्यभान भाई के पास रहिते तो देते। फिर बोला हमको घर तक छोड़ दो। फिर मैंने सत्यभान और पप्पू दोनों को बैठाया और पप्पू और सत्यभान को लिए-लिए एयरपोर्ट तिराहे पर आ गया। यहाँ अजय और रमेश दोनों अजय की कार में पहले से ही थे। उन्होंने इशारे से पप्पू के मार्फ़त पूछा, फिर उतार देने को कहा। मैंने पप्पू से कहा तो बोला आगे तिराहे पे पेट्रोलपम्प के पास उतार देना। मैंने अपनी मोटर साइकिल आगे बढ़ाई और अजय से भी आगे आने को कहा।

"सरायपोख्ता पेट्रोलपम्प पर मैंने मोटरसाइकिल खड़ी कर दी। पप्पू को वहीं उतार दिया। सत्यभान को तो उन्होंने मोटरसाइकिल से उतार कर कार में आगे वाली सीट पर बैठा लिया। मैं भी कार में पीछे बैठ गया। आगे गाड़ी रोककर अजय और रमेश दोनों उतरे और सिगरेट, मछली के पकौड़े, डिस्पोजेबुल गिलास, पानी लेकर आए। फिर हम भगोतपुर की ओर चले। पहले अजय ने लाखन नदी पुल के किनारे गाड़ी खड़ी की, और सड़क से पार उतर कर हम बैठे। यहाँ रमेश ने सत्यभान भाई को ड्रिंक बना कर दी। उसने पूछा भी कि तुम लोग क्यों नहीं ले रहे हो तो अजय ने बताया कि चाचा हमने अभी ली है ये तो हम आपको ख़ास चखाने को लाए हैं।

"उधर गाड़ियाँ बहुत आ-जा रही थीं। तो उन लोगों ने कुछ सोचकर आगे चलते हैं ऐसा कहा। शाम हो रही थी। छह साढ़े छह बज रहे थे। हम दुबारा कार में बैठे और पुल के आगे से दाहिने घूमकर कच्चे रस्ते से जो मनगाँव को जाता है उधर हो लिये। आगे एक पुलिया के पास रोककर हमलोग नीचे उतर गए। पुलिया पर बैठकर उन दोनों ने सत्यभान भाई को फिर ड्रिंक पिलाई। सत्यभान ने भी ख़ूब झूमकर पी साहब। उसे ख़ूब नशा हो गया था। अंग्रेज़ी की बात ही और होती है सर। हम लोगों ने भी दिखाने को पी। फिर हम चलने को हुए सर गाड़ी में बैठ गए। मैं नीचे ही रहा सर। सर...मैंने कुछ नहीं किया सर...उन लोगों ने सत्यभान भाई का काम कर दिया।

"सर रमेश ने डिग्गी से एक नाईलोन की रस्सी निकाली और सर...मैं तो सर बाहर पुलिया पर बैठा था। सर वो आगे वाली सीट पर था। अजय ड्राइवर सीट पर। पीछे वाली सीट से रमेश ने सत्यभान भाई के गले में रस्सी

डाल कर खींची। रमेश कमज़ोर है सर बहुत, एकदम मिरगिल्ला इसलिए अजय ने भी एक तरफ़ से रस्सी खींची। बहुत तड़प रहा था सर सत्यभान...मैंने कुछ नहीं किया सर मैं नीचे ही खड़ा रहा। सर उन्होंने ही उसे गला घोंट कर मार डाला।

"फिर उसे गाड़ी से खींचकर नीचे ले आए और बाईं तरफ़ खाई में धक्का दे दिया। सर सूखा गधेरा टाइप का था वह स्थान, जहाँ फेंका था। फिर अजय ने गाड़ी की डिग्गी से एक पेट्रोल का कैन निकाला और ढक्कन खोलकर लाश के ऊपर गिरा दिया। रमेश ने माचिस सुलगाकर लाश पर फेंक दी। जल उठी लाश। सर, मैंने कुछ नहीं किया। सर, फिर हम लोग लौट आए। मैं बहुत डर गया था सर, पर उन्होंने कहा कि हमने लाश को जला दिया है किसी के बाप को भी पता नहीं चलेगा कि किसकी लाश है।

"नहीं सर, सिर तो नहीं काटा था तब शायद बाद में काट दिया हो।

"सर ये तो वही बता सकते हैं कि क्यों मार दिया। सर मैं लालच में आ गया था ग़रीब आदमी हूँ सर। बीस हज़ार के चक्कर में सर...लेकिन सर मैंने कुछ नहीं किया।

"कोई दुश्मनी नहीं थी सर। होती तो साथ आता ही क्यों?

"हो सकता है सर कि...हाँ, सर यही होगा कितने मिलने थे सर?"

मामला खुलता दिख रहा था। कम से कम उसके सर और पूँछ पकड़ में आ गए थे। टीम अजय और रमेश की तलाश में निकल पड़ी।

श्रीमान जी मुकदमा उपरोक्त में पर्चा सं. 5, दिनांक 22/02/13 को किता कर सेवा में प्रेषित किया जा चुका है। आज मैं पुन: मसरूफ तफ़्तीश होकर मुकदमा उपरोक्त में वांछित अभियुक्त अजय कुमार उर्फ़ मोनू एवं रमेश उपरोक्त की गिरफ़्तारी व दीगर कार्यवाही हेतु थाना हाजा से रपट सं. 3, समय 01:50 बजे रवाना होकर अभियुक्त अजय उर्फ़ मोनू S/O जगदीश प्रसाद R/O डगरपुर टांडा PS भोजीवाला के निवास स्थान पर अपने साथ हमराह SO बर्रावाला राकेश भूषण देवली, का. 765 नवीन नौटियाल, का. 102 मंगला प्रसाद, का. 1232 संजय टम्टा, HC भारत सिंह, SOG की टीम हे.का. प्रमोद सिंह, का. 256 सुनील कुमार, का. 322 महेंदर मय सरकारी वाहन एवं चालक ड्रा. तारा सिंह एवं क्रिपेंद्र के साथ अभियुक्त अजय नाम-पता उपरोक्त के घर पहुँचा। अभियुक्त के बाबत पूछताछ करने पर ज्ञात हुआ कि घर पर मौजूद है। अभियुक्त को उसके अपराध से अवगत कराकर समय 02:50 बजे हिरासत पुलिस में लिया गया तथा अभियुक्त की जामा तलाशी में पहनी पैंट की दाहिनी जेब से एक मोबाइल नोकिया 5800 एक्सप्रेस मिला जिसमें लगे सिम का मो. नम्बर 9996214014 है, को क़ब्ज़े पुलिस लेकर फ़र्द मौक़े पर बनाई गई। गिरफ़्तारी मेमो एवं सूचना मेमो मौक़े पर ही बनाकर गिरफ़्तारी की सूचना परिजनों को दी। मोबाइल को एक सफ़ेद कपड़े में सील सर्वे मुहर कर नमूना मुहर लिया गया।

10

"ये साले हरामखोर डम्पर वाले ऐसे चलते हैं जैसे सड़क इनके बाप की हो।"

ये देश के तमाम क़स्बों की तरह का ही एक क़स्बा था, जिसे गाँव ने अपनी गोद से उतार दिया था और शहर अभी इतनी जल्दी उसे अंक में भरने को तैयार नहीं था। गाँव के पल्ला झाड़ने और शहर के दुत्कारने की वजह से हरकतों में रुर्बन और दिखने में कुछ-कुछ गाँहर जैसा होता जा रहा था। इसने जींस चढ़ा ली थी और बॉटम लेग से लो वेस्ट तक आ गया था। इसका नतीजा कुल इतना निकला था कि जींस और टाइट-फ़िट शर्ट की सीमा रेखा पर उदर का वो भाग दर्शन देता था जिसके कुछ ही मिलीमीटर नीचे वो भाग था जिसे देखने के लिए U/A प्रमाणपत्र की ज़रूरत पड़ती थी। शहर से ये क़स्बा मात्र इसी प्रमाणपत्र भर की दूरी पर था। टाइट जींस की वजह से अन्दरूनी हिस्सों में जो रैशेज़ हो रहे थे उसके लिए किसी बड़े योग गुरु ने कुछ ही दिनों पहले एक क्रीम लॉन्च की थी। क्रीम इस दावे के साथ आई थी कि ये एक ऐतिहासिक और लोकल उपचार है लेकिन क़स्बा फॉरेन और लोकल इलाजों के गड्डमड्ड से उतना ही विस्मृत था जितना अर्थ और राजनीति के महामिश्रण से। उधर (यहाँ 'ऊपर' भी पढ़ सकने की जुर्रत पाठक अपने ख़तरों के साथ कर सकते हैं) टाइट शर्ट से क़स्बे का पेट अपने पूरे शबाब में किसी लेटे हुए पहाड़ जैसा उठ आया था और नाभि ज्वालामुखी के क्रेटर सी दिखने लगी थी। इससे सौन्दर्यबोध को जितनी भी ठेस लगती हो इसका लाभ ये था कि महज़ हाथ रखकर क़स्बे की बदहाल पाचन-क्रिया का अध्ययन किया जा सकता था।

क़स्बा, कृषि सुन्दरी के मुखड़े से ऊब चुका था और टेस्ट बदलने के लिए इस सच के साथ साक्षात्कार के बाद कि 'खेती-किसानी से क्या मिलता

है...घंटा!' उसने नदी किनारे के खेत खनन के ठेकेदारों को मासिक किराए पर उठा दिए थे। ये और बात है कि खनन से भी अन्ततः यही स्वतः उत्तरी प्रश्न के साथ ही साक्षात्कार होना था कि 'खनन से किसानों को क्या मिलता है...घंटा!' जिस तरह से किसी भी उद्योग की नियति है, उसे चंद मजबूत परोपकारी हाथों में जाना है जिन्हें भ्रम में लोग माफ़िया कह देते हैं, यहाँ खनन भी इसी सद्गति की राह पर था। मजबूत हाथों ने दोनों हाथों से हर तरफ़ परोपकार लुटाया था। एक तरह से छोटी-बड़ी सभी नदियों में अब पानी की जगह इनका परोपकार बहना शुरू हो गया था। नदियों पर ये उपकार था कि उनका बोझा जो इतनी दूर से वो उठा कर लाती थीं, पहाड़ से नीचे उतरते ही जो नदी को घोड़े से मरियल टट्टू में तब्दील कर देता था और जिसे जमा कराने में नदी की चाल ही बदल जाती थी, ऐसे बोझे को ये मजबूत हाथ, दोनों हाथों से बड़ी तन्मयता से निकाल रहे थे। मजबूत होते-होते ये हाथ पोर्कलैंड और जेसीबी में तब्दील क्या हुए लोगों को माफ़ियागिरी का भ्रम होने लगा। एक वजह यह भी थी कि पर्यावरण की जानकारी रखने वाले इनके विरोध्र में जाने कैसी-कैसी अनर्गल बातें प्रचारित कर रहे थे जिस वजह से सरकार और न्यायालय को तमाम सीमाएँ तय करनी पड़ीं थीं। लेकिन परोपकार किसी बन्धन को नहीं मानता ऐसा पवित्र विचार मन में रखकर समय, स्थान और मात्रा का अतिक्रमण लगातार हो रहा था। इन माफ़िया सन्तों ने जहाँ एक ओर स्थानीय गुंडों-अपराधियों को रोज़गार का अवसर प्रदान किया था वहीं कई स्थानीय नेता इसी अवसर का लाभ उठा कर राज्य स्तरीय हो चले थे। अभी बस इस बात का अध्ययन होना बाक़ी था कि राज्य की राजनीति, खनन नीति के आजू-बाजू घूमती है अथवा खनन नीति, राजनीति के।

नदी किनारे के खेत देने के बाद और उससे 'घंटा' मिलने के बाद क़स्बे ने माँग और पूर्ति के चिरन्तर सम्बन्धों को ज़िंदा रखने के लिए डम्पर डाल दिए थे जो लगे हाथों खनन सामग्री को नदी से क्रशर, स्टॉक से क्रशर, स्टॉक से स्टॉक या क्रशर से क्रशर पहुँचा कर ये वाले सम्बन्ध भी ज़िंदा रखने में अपना छोटा-मोटा योगदान दे रहे थे। बड़ा योगदान यहाँ भी माफ़िया महात्मा का था। उन्हीं डम्परों में से एक अपनी खड़क चाल से सड़क को लगभग चीरता हुआ चला जा रहा था और बार-बार हॉर्न देने के बाद भी सीओ साहब और उनके आगे चल रही थाने की गाड़ी को पास नहीं दे रहा था। जिसे

देखकर एसओ साहब ने इनके पिता और इनकी चाल के बारे में ये उपर्लिखित वाक्याँश कहा था। सीओ साहब की गाड़ी में उनके अलावा उनका गनर, एसओ साहब और राकेश भूषण भी मौजूद थे। ड्राइवर ने कच्चे में उतारते हुए बाईं तरफ़ से पास लिया, खिड़की से लटक रहे डम्पर के क्लीनर को एक मोटी गाली दी और हूटर बन्द करके म्यूज़िक सिस्टम चला दिया। गाड़ी में किशोर कुमार 'वो शाम कुछ अजीब थी' लेकर आ गए।

"रात में तो ऐसा चलने का हक़ ठहरा, इनका दिन भर तो डंडा किए रहते हो।" किशोर कुमार के साथ गुनगुनाना छोड़कर राकेश भूषण ने कहा और आँख भी दबाई लेकिन एसओ के चेहरे की शिकन दूर नहीं हुई।

"हमारा बस चले तो सालों को रात में भी न चलने दें।"

"क्यों भाई तुमने ठेका ले रखा है क्या? फ़ारेस्ट वालों को कोई फ़रक नहीं पड़ता जिनके क्षेत्र से निकाल रहे हैं...प्रशासन को भी नहीं मतलब...अरे भइया पूरा खनन विभाग बना ठहरा। ये सब तो मलाई काट रहे हैं बस पुलिस ही है जिसे खुजली पड़ी है।" बात को विस्तार देने से ज़्यादा राकेश भूषण ने मन की भड़ास निकालने के इरादे से कहा।

"क्योंकि पुलिस भी तो अपने बैरियर डाउन कर देती है, जब पुलिस से कोई मतलब ही नहीं तो क्यों मलाई में हिस्सेदार है?" सीओ साहब ने अपनी टाँग घुसाई।

"सब कहने की बातें हैं सर, हम बदनाम इसलिए हैं क्योंकि दिख जाते हैं।" एसओ का पाला बदलने लगा। उधर ड्राइवर ने गाड़ी के साथ ही जम्प ले रहे गाने को सुर में लाने के लिए सिस्टम को दो बार मुक्का मारा और एक बटन दबा कर गाना बदल दिया। 'चला जाता हूँ किसी की धुन में धड़कते दिल के फ़साने लिए' ने माहौल बड़ा वाइब्रेंट टाइप कर दिया।

"महज़ इतना ही हा...हा...हा..." सीओ साहब ने यूडलिंग करते-करते ही कहा।

"हाँ सर, आप भी तो कहते हैं न कि पुलिस इज़ द मोस्ट विज़िबिल पार्ट ऑफ़ द गवर्नमेंट।" आपसी वार्तालाप की उस अदा का सहारा लेकर जिसमें विपक्ष को उसी के हथियार से मारा जाता है, पुलिसिया वर्ज़न में इसे थोड़ा इम्प्रोवाइज़ करके जूनियर, सीनियर के मुँह में अपनी बात डाल देता है, एसओ ने बात पचका दी।

"हाँ, लेकिन बिना आग के धुआँ नहीं होता महाशय।" सीनियर अगर काइयाँ न भी हो तो एक कहावत को दूसरी से काट·कर ये अवश्य बताता है कि बॉस इज आलवेज़ राइट।"

"नहीं होता सर, बिलकुल नहीं होता लेकिन चूल्हे की आग और बॉन फ़ायर में अन्तर तो होता है सर।" आज भी वीर-विद्वान् वही है जो अगले को उसके घर में घुस के मारे। एसओ को पता था कि सीओ साहब ज़ेहनी तौर पर प्रगतिशील हैं, मार्क्सवाद को सोचते-ओढ़ते हैं, इसलिए उसने ये पंच मारा। लेकिन वो बॉस ही क्या जो रूल नम्बर एक पर ही अटक जाए। सीओ ने दूसरा हाथ लगाते हुए ये समझाया कि 'इफ़ यू फील दैट यू आर राइट देन रिफर टू रूल नम्बर वन।'

"मतलब आप कहना चाहते हैं कि ये नीड बेस्ड करप्शन है।" प्रकारांतर से उन्होंने कहा कि 'ज़्यादा फिलॉस्फी मत छाँटो हमने सब थ्योरीज़ रट रखीं हैं।'

"मैं नहीं जानता सर कि नीड या ग्रीड लेकिन आप ख़ुद ही सोचें सर कि अभी भी हमारे सिपाही की ग्रेड पे दो हज़ार रुपये है जब वो भर्ती होता है। उधर दूसरे सरकारी विभाग देखें तो चपरासी भी उससे ज़्यादा पाता है। अगर रैंकर फैनकर वाला मामला न बने तो सिपाही से हेड फिर दरोगा बनते-बनते आदमी टें बोल जाता है। पहले दरोगा की तनख्वाह इंटर कॉलेज के टीचर के बराबर थी आज प्राइमरी का टीचर भी हमसे ज़्यादा पाता है।" एसओ आंकड़ों के साथ था। उसे मालूम था कि किताबों में ज़िन्दगी की मुश्किलें हल करने वाले ज़मीनी सच्चाई पर ढेर हो जाते हैं। सीओ साहब ने आँखें ज़रूर किताबों में फोड़ रखी थीं लेकिन बाल अब भी धूप में सफ़ेद नहीं कर रखे थे।

"यार किस जगह या किस विभाग में सेलरी बढ़ने से आज तक करप्शन कम हुआ है भला?"

"सर आप ठीक कह रहे हैं, लेकिन।" अनुशासन का पहला तक़ाज़ा यही है कि आपको लगे भी कि बॉस बकवास कर रहा है तब भी अपने तर्क की शुरुआत यहीं से करनी चाहिए कि "आप ठीक कह रहे हैं लेकिन।" एसओ अनुशासित था इसलिए उसने ऐसा ही कहा, "सर आप ठीक कह रहे हैं लेकिन हम क्यों न सैलरी की बात करें जब कि हमारे काम और दूसरों के काम में इतना फ़रक है। और कौन है सर जो दिन-रात खटता है?"

"अरे भई ये तर्क तो मुझे समझ नहीं आता। पुलिस का काम है ये। रात जागते हैं क्योंकि लोग सो सकें। अगर आराम ही करना था तो नौकरी में आने के पहले सोचना चाहिए था। कुछ ही चीज़ें हैं जो जनता की हज़ार गालियों के बाद भी पुलिस की छवि को बचाती हैं। जिन बातों पर हमें गर्व होना चाहिए उन पर...।" सीओ ने मुँह बिचका लिया। एसओ ने तत्काल फूला हुआ मुँह पिचका लिया। फिर जबड़े चिपकाते हुए दाँत भींचते हुए बोला—

"कोई नहीं उठाता मानवाधिकार का मुद्दा जब हमारा सिपाही सामान्य दिनों में आठ घंटे की ड्यूटी काग़ज़ों में होने के बाद भी बारह-बारह घंटे की ड्यूटी करता है। बाक़ी लॉ एंड ऑर्डर, वीआईपी या अन्य कोई ख़ास बात हो तो क्या कहें। दरोगाओं की स्थिति तो इससे भी ख़राब है। जितनी ज़िम्मेदारी काम के उतने घंटे।"

"इन्हीं सब चीज़ों के मद्देनज़र एक्स्ट्रा पे और एक्स्ट्रा छुट्टियाँ दी गई हैं।" सीओ ने एक भौं ऊपर खींचते हुए कहा।

"आग लगे सर एक्स्ट्रा छुट्टी को, जब ले ही नहीं सकते। अवकाश माँगना अपराध के जैसा लगने लगा है। लगता है अगर आप थाना छोड़कर गए तो भहरा पड़ेगा। आपको ये विश्वास दिलाने की कोशिश की जाती है कि अगर आप छुट्टी माँगते हैं तो आप अगर कामचोर नहीं तो कम से कम काम से भाग तो ज़रूर रहे हैं। इसे बार-बार दुहराया जाता है कि पुलिस में कोई छुट्टी नहीं होती। ऐसे तर्क दिए जाते हैं, अगर दिए जाएँ तो, अक्सर तो इसकी ज़हमत भी नहीं उठाते लोग, लगता है कि लॉजिक बाँटते समय पुलिस अधिकारी किसी एनकाउंटर में चला गया था। पिछली पोस्टिंग की बात बताऊँ सर, मैंने छुट्टी की अर्जी दी तो बॉस ने बुला लिया और पूछा क्यों जाना चाहते हो? मैंने कहा, सर मेरे घर में शादी है। वो बोले, तो क्या हुआ शादी हर घर में होती है। मैंने कहा, सर जाना ज़रूरी है, मैं अकेला ज़िम्मेदार हूँ घर का। उनका तर्क सुनिए, बोले कि इसीलिए अकेले ज़िम्मेदार हो क्योंकि तुमने बाक़ी लोगों को छोड़ रखा है...देखने दो बाक़ी लोगों को, उनको भी समझने दो। अब बताइए सर ये भी कोई बात हुई?"

गाड़ी में इसी बीच गुलाम अली की आमद हुई और 'चुपके-चुपके रात दिन आँसू बहाना याद है' ने माहौल अचानक से शायराना कर दिया। इस गाने से तो जिन्होंने कभी इश्क़ का ककहरा भी नहीं पढ़ा वो भी अपनी

माशूका को याद करने लगते हैं। तो सीओ साहब ने तो प्रेम-विवाह किया था। डूबते हुए बोले—

"हाँ यार, इस बात से तो मैं सहमत हूँ, मैंने भी शादी के वक़्त दस दिन की छुट्टी अप्लाई की। काट कर पाँच दिन की कर दी गई। मैंने कहा, सर मेरी अपनी शादी है दो-तीन दिन और बढ़ा दें सर तो बोले, यार जब मैं अंडर ट्रेनिंग था मेरी भी शादी हुई। मुझे तो बस तीन दिन की छुट्टी मिली थी...दरअसल यहाँ ये ज़रूरी है कि जितना टॉर्चर आपने सहा है, आप भी नीचे पास ऑन करें।"

छुट्टी की नस दब गई थी। सीओ साहब फुल स्विंग में आ गए— "एक बार मुझे यूनिवर्सिटी वालों ने सेमिनार में बुलाया था। मैंने बॉस से कहा कि सर मुझे एक दिन की परमिशन दे दीजिए, सेमिनार में जाना है तो बोलते हैं यार मुझे तो कितनी बार बुलाया जाता है मैं तो कभी जाता नहीं। यार अपनी फ़ील्ड की नौकरी है, रफ़ एंड टफ़। कहाँ लिखने-पढ़ने के चक्कर में लगे हो। हद है न, जिस तरह के आप बेवकूफ़ रहे हैं आप ये चाहते हैं ये लिगेसी भी चलती रहे।" सीओ साहब आत्ममुग्धता की स्टेज में पहुँच गए। भाषण सा देने लगे—"कोई टीम वर्क-वीम वर्क नहीं है। मातहतों से काम निकाला जाता है, काम लिया जाता है। इसलिए आज भी हमारे यहाँ कैरेट एंड स्टिक फ़ॉर्मूला ही चल रहा है। गुड वर्क हुआ, सौ रुपए का इनाम, ग़लती हुई खटाक से पनिशमेंट। हम आज तक पुलिसवालों को मोटिवेट करने के दूसरे तरीक़े नहीं ढूँढ़ पाए। यही हमारा मैन पॉवर मैनेजमेंट है, यही जॉब एनरिचमेंट।"

"हाँ सर, जानबूझकर रविवार या ऐसे दिन मीटिंग या अन्य काम किए जाते हैं, जिससे लोगों को घेर कर रखा जा सके। पोस्टिंग के मामले में भी उदार है महकमा। घर के पास पोस्टिंग देने में समझा जाता है कि बन्दा रोज़-रोज़ घर ही भागेगा। तीर घाट वाले को मीर घाट मीर वाले को तीर घाट फेंका जाता है।" मीटिंग से बात शुरू करके राकेश भूषण स्पिन करते हुए पोस्टिंग पर आ गए क्योंकि मीटिंग के तार तो सीओ साहब से भी जुड़े हुए थे। एसओ साहब ने लपक लिया। उदासी के आलम में बोले—

"स्थिति ये है कि अगर दूसरे किसी विभाग की वैकेंसी आती है तो सबसे पहले अपने सिपाही भरते हैं उसे। काम से उकता से गए हैं। हम तो कन्धे पे सितारे रखते हैं सर लेकिन साला एक कंजड़ टाइप जुए वाले को भी उठा के

लाते हैं तो सीधे मंत्रीजी का फ़ोन आता है कि देख लेना मेरा आदमी है। छोटा स्टेट है सब एक-दूसरे के आदमी हैं। पता नहीं साला औरत कौन है। अब साहब न देखें तो ट्रांसफर तो पक्का।''

ड्राइवर ने लहराते गाने की वजह से दुबारा ठोंका और 'कहीं दूर जब दिन ढल जाए' चल गया। दिन तो कब का ढल चुका था लेकिन राकेश भूषण ढलने की फ़ीलिंग लेने के लिए शून्य में देखते हुए लगभग आत्मालाप में दूर निकल गए—

''इस स्थिति तक पहुँचने में हमारा भी कम रोल नहीं है। हम देखते आए हैं इसलिए देख रहे हैं। देखते रहेंगे। वही छोटे-छोटे वेस्टेड इन्ट्रेस्ट। साहब नाराज़ न हो जाएँ, चार्ज न हट जाए। मलाई न बन्द हो जाए। बताओ क्या नहीं होती बैरियर पर वसूली...क्या केस में नाम बढ़ाने-निकालने के पैसे नहीं वसूल लेते कुछ लोग...और तो छोड़ो एफआईआर रजिस्टर करने के लिए ही...'' तीसरे स्टैंजा पर उचक के वापस गाड़ी में आ गए—''हमारी चोट सीधे जेब पर जो ठहरी'' राकेश भूषण रुपए-पैसों के आस-पास रहना चाहते थे। सीओ साहब का लॉजिक था—

''नहीं, चोट सबकी जेब पर ही है। सड़क के सौ रुपए में साठ कमीशन में गए, मंत्री से लेकर सन्तरी तक, एक साल के अन्दर सड़क गड्ढे में, चोट कहाँ लगी? अस्पताल की दवाई ग़ायब, ज़िला योजना के करोड़ों रुपये छू मंतर, आज ट्रांसफ़ार्मर लगा कल बिजली गुल, परसों फिर उसी की मरम्मत का पैसा आया, ये सब चोट भी तो जेब पर ही लगती है और सच बताएँ तो बहुत ज़ोर की लगती है लेकिन बस इतना है कि डायरेक्टली दिखती नहीं।''

''सब साला प्राइवेटाइज़ कर देना चाहिए।'' शहर और क़स्बे की सीमा रेखा पर वो भाग शुरू हो चुका था जहाँ खेत मुआवज़े की, उद्योग रोज़गार की और व्यवस्था कमीशन की सम्भावनाएँ तलाशने लगती है।

''दिस इज नॉट अ प्रॉपर सल्यूशन ब्रदर...तुम्हें नहीं लगता कि वहाँ की स्थिति ज़्यादा ख़राब है, वहाँ करप्शन नहीं है क्या? तीन रुपए की कोल्ड ड्रिंक बीस रुपए में बेचने वाले क्या ये तय करेंगे कि ग़रीब को रोटी ज़्यादा ज़रूरी है बनिस्बत पिज़्ज़ा के।'' मार्क्स की आमद हो चुकी थी। अब वार्ता क्रान्ति के स्तर पर पहुँचने वाली थी। एसओ साहब ज़्यादा देर तक एक सिरे पर मार्क्स-माओ और दूसरे सिरे पर उत्तर आधुनिकता से बँधे रस्से पर चलने से

बचना चाहते थे इसलिए निपट यथार्थ की छत पर कूदे—

"लेकिन सर आप भी मानेंगे कि पिछले सालों में डेवेलपमेंट हुआ है। आज घर-घर मोबाइल, टीवी, वाशिंग मशीन सब चीज़ें पहुँची हैं।"

"हाँ बिलकुल पहुँची हैं। कौन मना कर रहा है। लोगों के पास परचेजिंग पॉवर आई है, लोग ख़र्च कर रहे हैं। देखो, मुद्दा ये नहीं है। मुद्दा ये है कि ये निर्णय कौन और कैसे ले रहा है कि किसी को जूते चाहिए या चप्पल। दिखता ज़रूर है कि हमारे पास ऑप्शंस हैं और हम डिसाइड कर रहे हैं लेकिन असल में हम वही चुन रहे हैं जो बाज़ार हमें चुनने पर मजबूर कर रहा है। अपने स्टेट में ही बानगी देख लो प्राइवेट सेक्टर की। राज्य बना उद्योगों को आमंत्रित किया गया तमाम सहूलियतें देकर। लेकिन आज दस-बारह साल बीतने के बाद क्या पहाड़ों की स्थिति में कुछ मूलभूत परिवर्तन आया? पलायन रुका क्या? ग़रीबी कम हुई क्या? खेती-किसानी कुछ सुधरी क्या?" अब वार्तालाप उसी विकासशील मनोदशा में पहुँच गया था जिसमें हर वाक्य के अन्त में लगता है कि विकास आ ही जाता मगर...।

लता ने अभी 'ये कहाँ आ गए हम' शुरू ही किया था, सीओ साहब ने हलका गला भी खंखार लिया था 'ये पत्तियों की है सरसराहट' वाला पार्ट मिमिक करने के लिए कि ड्राइवर ने विंड स्क्रीन पर झुकते हुए आगे देखा। थाने की गाड़ी आगे एक गली के मुहाने पर, गली में आधी घुसी हुई खड़ी हो गई थी। ड्राइवर ने ब्रेक लगा दिया।

ये एक ऐसी वार्ता थी जिसे किसी निष्कर्ष पर पहुँचना सामाजिक मनोविज्ञान की अब तक की सबसे बड़ी खोज हो सकती थी। होते-होते रह गई क्योंकि टीम किसी निष्कर्ष पर पहुँचने से पहले अजय के घर डगरपुर टांडा भोजीवाला तक पहुँच गई।

धारा 6 *

सपठित धारा 1 इनके बजट में हनक, इकबाल, ज़बरदस्ती जैसे मेजर हेड एवं नज़राना, शुक्राना और जबराना माइनर हेड होंगे। बजट धीरे-धीरे कम होता जाएगा।*

सीओ साहब की उसी पीली डायरी, जो मूलत: भूरी होती थी, से—

नज़राना, शुकराना, जबराना—इन शब्दों का चमत्कार एक सच्चाई की हद तक गल्प कथा से समझते हैं। एक गाँव में डकैती पड़ी। पाला और डकैती में बस इतना अन्तर था कि एक पड़ता था एक पड़ती थी। कोतवाल साहब पधारे। डकैती कयथान में पड़ी थी लेकिन साहब ठकुरान में आए। उनके आने लायक तब वही जगह सही समझी गई। गाँव की स्त्रियों ने तिलक लगाया। स्वागत हुआ। जाते समय जाने चंदा इकट्ठा करके या कैसे उनकी जीप में घी के मटके, चावल की बोरी, ताज़ा गुड़ और बच्चों के चूसने के लिए अलग से कड़ाहे से ताज़ा-ताज़ा निकला चिनगा बाँध दिया गया। ये गाँव की तरफ़ से नज़राना था। सिर्फ़ नज़र आ रहा था इसलिए नहीं।

कोतवाल साहब ने जाते-जाते एक व्यवस्था की। गाँव के खलिहर युवाओं को मिलाकर एक पहरा टीम बना दी और थाने के दो सिपाहियों को उसका इंचार्ज बना दिया। अगले कई महीनों तक गाँव में डकैती नहीं पड़ी। जब तक किसी दूसरे गाँव में डकैती नहीं पड़ी, कोतवाल साहब का वहाँ आगमन नहीं हुआ, पहरा दल नहीं बना, यही दोनों सिपाही उसके इंचार्ज नहीं नियुक्त हुए तब तक महीने-पखवाड़े गाँव के लोग डकैती न पड़ने के आभार स्वरूप अनाज, सब्ज़ियाँ और कभी-कभी धन भेजते रहे। ये शुकराना था।

अब तो हद ही हो गई थी। सालों ने चार-पाँच डकैतियों की परमीशन ली थी। दो-तीन और बढ़ा लेते। ये सोलहवीं डकैती थी। कोतवाल ने सभी सिपाहियों को बुलवाया। हड़काया। रिस्पांस में सिपाही सबसे नई डकैती में शामिल उसी गाँव के सबसे नए लड़के को पकड़ लाए। लड़का एक सुनार सेठ का था। कॉलेज में पढ़ता था। पढ़ाई में व्यक्तित्व विकास की सम्भावनाएँ नहीं दिखने के कारण पार्ट टाइम डकैती ज्वाइन की थी। सेठ को पुत्र की इस ग़लती के लिए फुल टाइम रिस्पाँसिबल माना गया। बुलवाया गया। आते ही उसने कोतवाल के लाल जूतों पर अपनी सफ़ेद पगड़ी रख दी। मामला कुछ हज़ार में छूटा। कहना न होगा कि ये जबराना था।

11

उन्होंने मकान को चारों तरफ़ से घेर लिया। ऐसा सोचकर का. नौटियाल ने दलान के दरवाज़े पर थाप देनी शुरू की। चारों तरफ़ से घेरना एक सांकेतिक सन्तुष्टि थी क्योंकि घर के पिछवाड़े गली थी और नाली थी जिसके मिले-जुले संस्करण से ये बताना मुश्किल था कि नाली की चौड़ाई के बराबर गली की चौड़ाई है या गली की चौड़ाई के बराबर नाली की। पीछे जाने के प्रयास में पैरों से ज़्यादा तकलीफ घ्राणेंद्रिय को होती इसलिए पीछे नहीं गया कोई। मकान के दाहिने और बाएँ उस जैसे ही मकानों की कतारें थीं जिनकी छत पर जाने का मतलब मकानों के अन्दर से हो के जाना होता, और एक मकान के अन्दर से हो के जाने का मतलब आस-पास के सभी मकानों से होकर जाने से होता, इसलिए ये आइडिया भी बिना डिस्कशन ड्रॉप कर दिया गया। तो कुल मिलाकर उन्होंने मकान को सामने से घेर लिया।

अन्दर से कोई हरकत नहीं हुई। अब पूरण राम ने दरवाज़ा पिटपिटाया। दरवाज़ा अमूर्त टाइप था लेकिन उसने दरोगा के हाथ की गर्मी महसूसी और पीछे होने को हुआ पर चिटकिनी में उलझ कर रह गया। घर के अन्दर से तीन बार खस-खस और एक बार खँखारने की आवाज़ें आईं। पुलिसवालों का धैर्य ऐसे इम्तहानों में अक्सर फेल कर जाता है। पास भी होता है तो ग्रेड अच्छे नहीं आते। इस बार दरवाज़ा एसओ ने ख़ुद भड़भड़ाया और लगभग बिना आरोहावरोह के सिर्फ़ इतना कहा कि "दरवाज़ा खोलो!" हालाँकि स्थितियाँ बिलकुल उलट थीं लेकिन फिर भी सीओ साहब ने असरानी उर्फ़ अंग्रेज़ों के ज़माने के जेलर को याद किया और मुस्कुराने लगे। अमिताभ और धर्मेंदर ने नकली पिस्तौल असरानी के पीछे लगा रखी है और जेलर सन्तरी से गेट खोलने को कह रहा है 'हहा।' जाने उनकी मुस्कुराहट से या भड़भड़ाहट से दरवाज़ा खुल गया।

जिस कमरे में खुला वहाँ लकड़ी के एक पुराने सोफे की उपस्थिति कह रही थी कि वो ड्राइंग रूम है। किसी छोटे बच्चे ने अपनी पहुँच की ऊँचाई तक दीवारों पर पेन्सिल से जो कलाकृतियाँ उकेरी थीं, वे भी इसी बात की गवाह थीं कि ये ड्राइंग रूम है। ड्राइंग रूम जिस कमरे में खुला वहाँ बेड की स्थिति उसे बेडरूम बता रही थी। बेडरूम जिस जगह खुला वहाँ तमाम सामानों की उपस्थिति उसे गलियारा-कम-लॉबी-कम-स्टोर रूम-कम-अटैच लैट्रीन-बाथरूम वाले मामले में 'अटैच' बता रही थी। इससे दाहिनी तरफ़ अटैच्ड जो दो डब्बेनुमा गुफ़ाएँ थीं वहाँ उपस्थित दुर्गन्ध उन्हें वो स्थान बता रही थी जहाँ का सामान देखना लाजिमी नहीं था। अटैच से फर्दर बाईं तरफ़ अटैच एक रिक्त स्थान और उससे अटैच एक टीन शेड था जिसके सामान उसे आँगन और रसोई का रूप दे सकने में समर्थ थे। घर के सारे लोग ड्राइंग रूम में और पुलिस घर में हर जगह थी। ये कहना ग़लत होगा कि अजय का नामो-निशान नहीं था। ये कहना सही होगा कि उसका नाम 'अटैच' में रखे एक रैक में पड़ी एक डायरी में और निशान ड्राइंग रूम में टँगे एक फ़ोटो के अलावा कहीं नहीं था। सभी घरवालों से सभी पुलिसवालों की जिरह जारी थी।

"कहाँ है?"

"यहाँ नहीं।"

"कहाँ गया?"

"पता नहीं।"

"रिश्तेदारी?"

"देहरादून।"

"कब आएगा?"

"नामालूम।"

घरवालों के लिए संकट की घड़ी थी। उनकी खटिया खड़ी थी। कॉन्स्टेबल नौटियाल ने इशारा करके बताया कि बेडरूम के एक कोने में वाक़ई एक खटिया खड़ी थी। उसके खड़े होने का अन्दाज़ पट वाला नहीं था, जैसा कि आमतौर पर काँख में दबाकर एक स्थान से दूसरे स्थान तक ले जाने के लिए होता है, बल्कि खट वाला था। खाट लम्बवत खड़ी थी। सिरहाना नीचे पैताना ऊपर। नौटियाल ने उँगली घुसाकर सुतली की बुनावट में थोड़ी जगह बनाते हुए अपनी आँख वहाँ टिकाई तो पीछे एक दरवाज़ा दिखाई दिया। खटिया का

पहले पट फिर चट गिराना, घिर्र सरकाना, दरवाज़े पर भड़-भड़ भड़भड़ाना और उस असल अटैच बाथरूम में घुसे अजय कुमार का सिटपिटाकर कर चिटकिनी सरकाना नवीन के लिए एक्सटेंडेड यूरेका मोमेंट था। वो यूरेका-यूरेका चीख़ रहा था या 'ये रहा—ये रहा' ये इममैटेरियल है, ज़रूरी बात ये है कि बाथरूम में अजय मिला, पूरे कपड़ों में मिला, तैयारी हालत में मिला।

अजय कुमार उर्फ़ मोनू को उसके घर से गिरफ़्तार कर लिया गया। जामा तलाशी में मिले आठ सौ बत्तीस रुपए और खाना तलाशी में मिले कुछ दीगर काग़ज़ात समेत उसे थाने तक लाया गया। थाने आकर उसी इन्टेरोगेशन रूम में मोनू ने भी लगभग वही कहानी बताई जो डब्बू बता रहा था।

"चल तेरी राम कहानी सुन ली हमने अब ये तो बता सीता किसका बाप था...मतलब..." सीओ ने चारों तरफ़ देखा लोगों के चेहरे पर केस वर्कआउट कर लेने की ख़ुशी थी जो थकान और नींद के मिले-जुले संस्करण के ऊपर भी हावी थी इसलिए लोग हँसे "...मतलब तुझे क्या मिला इस लंगड़े आदमी को मारने से?"

"सर..."

"अबे उसने क्या तेरी भैंस खोल ली थी?" एसओ भी अपने हास्यबोध के साथ सम्मिलित हुए।

"सर"...उसका चेहरा उस कंटेस्टेंट की तरह लगने लगा जिसका गाना ख़तम होने के बाद सेलेब्रिटी जज ने जो अल्लाबल्लाबूमबूमखिर्र् के साथ लगाकर जो शब्द कहे वो तारीफ़ के थे या बुराई के उसे समझ ही न आया हो।

पूरे घंटे भर की पूछताछ में 'कैसे' की तो पूरी बखिया उधेड़ दी गई लेकिन 'क्यों' फिर भी अनुत्तरित रह गया। जानकारियों की सूची में एक चीज़ जो और बढ़ी थी वो ये कि हत्या के दूसरे दिन अजय और रमेश लाश के पास दुबारा गए थे और एक पाटल से उसका सिर काटकर वहाँ से एक-डेढ़ किलोमीटर दूर फेंक आए थे। रात काफ़ी हो चुकी थी। फिर भी सर्वसम्मति से निर्णय लिया गया कि सुबह से पहले सिर और आला कत्ल पाटल बरामद कर लिया जाए। जिसमें सर्व·सीओ साहब थे।

धारा 7 *

पुलिस का दोस्त वो होगा जी पुलिस का दुश्मन नहीं होगा।
पुलिस का दुश्मन वो होगा जो पुलिस का दोस्त नहीं होगा।
पुलिस का दोस्त वो होगा जो किसी और का दुश्मन होगा।
पुलिस का दुश्मन वो होगा जो किसी और का दोस्त होगा।
पुलिस का दोस्त पुलिस का दुश्मन होगा अगर वो किसी और का दोस्त होगा।

लोग किसी न किसी के दोस्त होंगे।

थाना : सरायपोख्ता

कार्यालय में सीओ साहब और एसओ

रात के साढ़े तीन!

अजय और पप्पू को टीम के साथ मृतक के सिर की बरामदगी के लिए भेज दिया गया था। सीओ साहब वरिष्ठ अधिकारी को केस में अब तक की प्रगति का ब्योरा बता चुके थे। एसओ साहब ने उनकी शाबासी और नक़्शा इनाम भिजवाने की ताक़ीद वाया सीओ साहब प्राप्त कर ली थी। अभी-अभी नीबू की खट्टी-मीठी चाय मँगवाई थी और सीओ साहब उस 'क्यों' के जवाब के साथ-साथ एक 'क्या' का जवाब भी सोच रहे थे। प्रशिक्षण के प्रारम्भिक दिनों में एक अति वरिष्ठ अधिकारी ने एक एथिकल क्वेश्चन ये पूछा था कि अगर आप थाने पर जाएँ और आपके मातहत चाय ऑफ़र करें तो आप 'क्या' जवाब देंगे। उनके अनुसार अगर आप चाय पीते हैं तो 'नहीं पियूँगा' कहना झूठ बोलने के साथ-साथ शिष्टाचार के ख़िलाफ़ भी होगा। पीने का मतलब भ्रष्टाचार में शामिल होना होगा क्योंकि आप भी जानते हैं कि थाना कैसे चलता है। थाना चलने का तो नहीं लेकिन इस समय सीओ साहब को ज़िला चलने का एक वाक़िया शिद्दत से याद आ रहा था।

एक साहब थे। मेरठ ज़िले के कप्तान, नए-नए। वसूली में हिस्सा नहीं लेते थे। 'सिर्फ़ सेहत के सहारे उम्र कटती नहीं' वाली तर्ज़ पर रोग तो पालना चाहते थे पर घिसे-पिटे व्यायाम करना नहीं चाहते थे। काफ़ी सोच-विचार के योग और भोग के जोग से नई कसरत ईजाद की जिससे हसरत भी पूरी हुई और रुसवा भी न हुए। घूस लेने का एक नायाब, इम्प्रोवाइज़्ड, ग़ैर सरकारी तरीक़ा निकाला। पहले ख़ूब प्रचारित करवा दिया कि उन्हें एंटीक चीज़ों का बड़ा शौक़ है। ये उस समय की बात है जिस समय की चीज़ें अब ख़ुद एंटीक होने की क़गार पर हैं। अस्सी-नब्बे का दशक रहा

होगा। प्रचार करने में कोई ख़र्चा तब भी नहीं आता था। कुछ लोग़ों के ज़ुबानी जमाख़र्च से ही हो जाता था। ज़िले के किसी भी थानेदार को बीस से पच्चीस तारीख़ के बीच कप्तान का सन्देशा आता था। अलाने मुहल्ले के फलाने घर में जाओ। वहाँ एक महिला मिलेंगी। मेरी जानने वाली हैं। उनके पास मैंने एक एंटीक तलवार देखी थी। ले आना। 'ले आना' के पहले 'माँग कर' या 'ख़रीद कर' का स्पष्टीकरण नहीं दिया जाता था और 'मेरी जानने वाली' से ये अत्यंत स्पष्ट था कि थानेदार साहब के लिए अपने तथाकथित हथकंडों का प्रयोग वर्जित था। महिला एक ख़ूबसूरत शनील के कपड़े में लिपटी तलवार देती और ख़ूबसूरत रेशम में लिपटी आवाज़ में दाम माँग लेती। पन्द्रह हज़ार। ज़िले में अट्ठारह थाने थे और इस तरह से वो तलवार अट्ठारह बार उसी महिला से वाया अलग-अलग थानेदार कप्तान तक आई। दो लाख सत्तर हज़ार रुपए कप्तान तक किस रास्ते से आए इसकी जानकारी नहीं हो पाई। अगर भ्रष्टाचार को घूस लेने तक ही सीमित किया जाए तब भी भ्रष्ट आचरण में काबलियत ईमानदारी से ज़्यादा मायने रखती थी। साहब काबिल थे। उन्होंने 'नज़राना-शुक्राना-जबराना, से इतर ये शरीफ़ाना वसूलियाना ईजाद किया था। (वसूलियाना महज़ तुक की गरज से लिखा गया है। किसी शब्दकोश में इसका पाया जाना लेखकीय क्षमता पर अन्ध भक्ति माना जाएगा।)

एसओ के ऑफ़र पर चाय पीना चाहिए या नहीं, सीओ साहब का एथिकल क्वेश्चन वहाँ जाकर अटक गया।

एसओ के मोबाइल की घंटी बजी और वो सीओ साहब को चाय और चाय पीने-न पीने के एथिकल डिलेमा के साथ छोड़कर बाहर चले गए। थोड़ी देर बाद ही बाहर से 'ना ना...मतलब ही नहीं...हो ही नहीं सकता' जैसी आवाज़ें आनी शुरू हुईं जो 'बकवास बन्द करो' के साथ समाप्त हुईं। समाप्ति के साथ ही एसओ साहब तनतनाते हुए कमरे में दाख़िल हुए। ख़ुद ही बताना चालू किया—"साले पता नहीं क्या समझते हैं...अरे सर गोपाल बिष्ट है कपड़े का काम करता है, बाक़ी भी कुछ काम-धाम हैं इसके। ठीक-ठाक पार्टी है यहाँ की सर। अजय के लिए कह रहा था। लाख-डेढ़ लाख देने को तैयार हैं घर वाले। कह रहा था नाम निकाल दो केस से, हम ऊपर भी बात कर लेंगे।' बोलते-बोलते हाँफने लगे एसओ साहब।

सीओ साहब मुस्कुराए। वो जानते थे ईमानदारी असभ्य है, आदिम टाइप, तनतनाती है, झल्लाती है, हाँफने लगती है। भ्रष्टाचार सभ्य है, चुपचाप काम करता है। वैसे देखा जाए तो सिस्टम में भ्रष्टाचार और ईमानदारी दोनों एक साथ आए थे। भ्रष्टाचार बहुत विनम्र भाव से हाथ जोड़े रहता था और ईमानदारी न जाने क्यों हमेशा तुनक में। इतनी विनम्रता देखते हुए भ्रष्टाचार को किराएदार बना लिया गया। 'अरे हमारा क्या लेगा बिचारा...कुछ नहीं! उल्टे कुछ दे ही जाएगा,' ऐसा सोचते थे लोग। धीरे-धीरे जगह बना ली। किराएदार से पेइंग गेस्ट बना और फिर अब देखो पूरे मकान पर क़ब्ज़ा है। उधर अपने निष्ठुर व्यवहार की वजह से ईमानदारी को कभी कमरा नहीं मिला। झाड़ू-पोंछे का काम कर रही है अब। बाँदी है बाँदी। पेट पालने के लिए करना पड़ता है। हालत ख़राब है उसकी। जब चाहा काम कराया जब चाहा उसे बटुआ चोरी के इल्ज़ाम में निकाल दिया। आरोप भी तब ज़्यादा लगते हैं उस पर, जब साहब तथाकथित मलाईदार पोस्टिंग पर रहते हैं। सूखी जगहों पर बाँदी को प्यार और सम्मान से काम दिया जाता है। हालाँकि यहाँ पर भी कभी-कभी किसी फ़ाइल-वाइल पर भार बढ़ाने की ग़रज़ हो तो छुट्टी-छपाटी पर भेज दिया जाता है। फ़ाइल होते ही फिर काम पर वापस। टेम्पोरेरी व्यवस्था है। अभी-अभी गोपाल बिष्ट उसे दो-चार दिनों के लिए सीएल पर भेजने की चिरौरी कर रहा था एसओ साहब से। एसओ ने मना कर दिया। इस थाने की चाय पीने में कोई एथिकल डिलेमा नहीं होना चाहिए।

''इतने गरम क्यों हो रहे हो यार...ये लोग तो सबको एक जैसा ही समझेंगे न। सिस्टम ही ऐसा है। एनीवेज़ पता करो सिर ढूँढ़ पाए ससुरे कि नहीं।'' सीओ साहब ने आँखें मिचमिचाते हुए कहा।

''सर...सर...इधर देखिए,'' एसओजी कॉन्स्टेबल नौटियाल ने कमरे में घुसते ही अपना लैपटॉप सीओ साहब की मेज़ के ऊपर रखा। सीओ ने अपनी ठुड्डी पुनः अपने फँसे पंजों के पिरामिड पर रखी और एक्सेल शीट के खानों में आँखें घुमाने लगे।

''सर इन दोनों के नम्बर सारी कहानी कह दे रहे हैं...ये देखिए दोनों ही दिन, जिस दिन मारा होगा और जब लाश जलाने गए होंगे...ये देखिए इनकी लोकेशन इस टॉवर पर, ये उसी तरफ़ जा रहे हैं।''

"हाँ तो ये तो ख़ुद ही स्वीकार कर चुके हैं...क्या यार मुझे लगा कुछ नया बताओगे..." एसओ साहब अपनी झुंझलाहट छुपा नहीं पाए।

"ये देखिए सर...ये इसका नम्बर है और ये देखिए टाइम...इसमें भी देखिए...इसने दोनों ही दिन लौटकर किसी नम्बर पर बात की है, पहले दिन 422 सेकंड और दूसरे दिन 282 सेकंड और सर वो नम्बर..." नौटियाल, सीओ की ठुड्डी और एसओ के कान से 22 मिलीमीटर तक अपना मुँह लाके बोला, "वो नम्बर भानू की वाइफ़ का है, सावित्री का!"

'इसे कहते हैं खुलासा!' की तर्ज पर सीओ ने पिरामिड खोलकर दाहिना पंजा आज़ाद किया, ठुड्डी बाएँ पर टिकी रहने देकर दाहिनी तर्जनी से एक्सेल शीट के खानों में डेल इन्स्पिरान 1525 के एलसीडी क्रिस्टल हिलाने लगे। कम से कम एसओ को साइड व्यू यही मिला। चूँकि ये एक सच्ची घटना की काल्पनिक दास्तान है, पाठक को और भी काम हैं और बर्दाश्त वाला रबड़ लगभग टूटने ही वाला है इसलिए ठीक इसी समय—

लगभग भागता हुआ चन्दन बिष्ट कमरे में दाख़िल हुआ और लगभग चीख़ते हुए बोला—

"सर हलफ़नामा!"

"तुझे कौन सी रजिस्ट्री करानी है?"

चन्दन के हाथ में एक काग़ज़ था। काग़ज़ को उसी अन्दाज़ में मोड़कर पकड़ा गया था जिसमें डिग्री मिलने के एक दिन पहले गाउन वाले से गाउन उधार लेकर विद्यार्थी किसी काग़ज़ को रोल करके फ़ोटो खिंचाते हैं। जितना गर्व विद्यार्थियों के चेहरे से टपकने का फैशन है उतना ही अभी चन्दन के चेहरे से टपक रहा था।

"नहीं सर, अजय की गिरफ़्तारी के समय कुछ काग़ज़ उठाए थे उनमें मिला ये..." और चन्दन ने काग़ज़ के रोल को खोल दिया। अब उसे पकड़ने का अन्दाज़ वही था जो किसी बड़े भ्रष्टाचार के खुलासे वाले काग़ज़ को प्रेस ब्रीफ़िंग में उठा-उठा कर दिखाया जाता है। दाहिना टॉप दाहिने हाथ में बायाँ डाउन बाएँ हाथ में। खुलासे वाले शख़्स के चेहरे पर जितनी हड़बड़ी कम आश्वस्ति का फैशन है उतना ही चन्दन के चेहरे पर भी थी अब। सीओ साहब अभी भी 'केस वर्क आउट' वाले हैप्पी मूड में थे इसलिए चुहल के अगल-बग़ल ही रहना चाहते थे।

"क्या है ये तेरी शादी का कार्ड?"

"नहीं सर...देखिए तो।"

वो पचास रुपये के स्टाम्प पेपर पर एक हलफ़नामा था जिसे पहले तो मन ही मन एक साँस में, फिर बुदबुदाकर कई छोटी-छोटी साँसों में, फिर एक छोटी सीटी और पाँच च्च-च्च के साथ बोल-बोल कर पढ़ा गया।

केस वर्क आउट दरअसल अब हुआ था।

धारा 8 *

मातहत का एकमात्र कर्तव्य एवं धर्म आज्ञाओं का अबाध पालन होगा। विवेक के इस्तेमाल पर मनाही होगी। होने पर मात और हत अलग-अलग अपने सांस्कृतिक अर्थों में लागू हो जाएँगे।

अपवाद

इस धारा का विस्तार ऐसी किसी परिस्थिति में नहीं होगा जिसमें ग़ले-गले आई हो।

12

एसओ साहब हाथ में लिए हलफ़नामे को बार-बार उलट-पलट कर देख रहे थे। उनके जीवन का अब तक का सबसे अनोखा केस था ये। चेहरे पर हर्ष और अविश्वास की कुश्ती चल रही थी। रिंग में भौं और होंठ थे। आश्चर्य रेफ़री बना पड़ा था। हमेशा की तरह दल-बदलू और बेईमान। कभी अविश्वास की तरफ़ झुकता था तो एसओ साहब एफ़िडेविट की लिखाई पर उँगलियाँ फिराकर उसे सीधा खड़ा कर देते थे। रिंग में भौंहें सिकुड़ती थीं फिर चित फैल जाती थीं। आश्चर्य कभी हर्ष की तरफ़ आता था, आख़िर ब्लाइंड मर्डर खुल गया और इतना शानदार एविडेंस मिला है तो एसओ साहब गम्भीरता की घंटी बजाकर उसे दुबारा सीधा कर देते थे। रिंग में होंठ चपटे दायरे को गोलाई में लपेटकर फिर चपटे हो जाते थे। माथे की रेखाएँ दर्शकों की सीटियों, तालियों और आवाज़ों की लहर की तरह उठती थीं, फिर बैठ जाती थीं। कई राउंड हो चुकने और किसी की भी मुट्ठी हाथ में लेकर ऊपर पहुँचाने में सर्वथा असमर्थ हो जाने के बाद आश्चर्य सरंडर करते हुए सीओ साहब से पूछ ही बैठा—

"सर, क्या आपने इससे पहले ऐसा केस देखा या सुना है?"

"डियर, एवरीथिंग इज़ पॉसिबल इन लव, वार एंड इग्नोरेंस" ये सीओ साहब का पसन्दीदा जुमला था जिसकी बाँह मरोड़-मरोड़ कर अक्सर बोला करते थे। वो भी कम आश्चर्य में नहीं थे। मर्डर की सुपारी बाक़ायदा लिखा-पढ़ी में! उन्हें सुपारी देने वाले और उसे चबाने वाले पर तरस आ रहा था। अजीब ना-जानकार लोग हैं। ऐसा तो अंडरवर्ल्ड में भी नहीं होता। लेकिन फिर भी अपनी विद्वता बरकरार रखने के लिए सीओ साहब ने क़ानून और इग्नोरेंस के अनैतिक सम्बन्धों का जो भाषण जैसा सुनाया उसका निचोड़ कुछ ऐसा था—

क़ानून की जानकारी देश में सेक्स एजुकेशन जैसी ही है जो झिझक से शुरू होती है और अश्लीलता की कक्षा में घुसने के डर से अधकचरी ही समाप्त हो जाती है। बीच में त्योरियाँ चढ़ाए गुरु गम्भीर लिहाज खड़ा रहता है। माँ-बाप-शिक्षक बच्चों से वही बात करने में कतराते हैं जो हर बात से पुरानी और शाश्वत है। तमाम रूपक, उपमा और उत्प्रेक्षा ढूँढ़ने की कोशिश करते हैं एक सीधी-सरल बात समझाने के लिए, जिनका भेद प्रौढ़ शिक्षा कार्यक्रम में जाकर खुलता है। एक आवारा भँवरा जब किसी कली के सम्पर्क में आता है...। इन रूपकों में कली को आवारा होने की इजाज़त नहीं है।

ऐसा ही क़ानून की जानकारियों के बारे में भी है। स्कूली पाठ्यक्रम में क़ानून 'हम भारत के लोग' से शुरू होता है और अँगड़ाई लेकर अंगीकृत होने से पहले ही ढेर हो जाता है। अंग-वंग का नाम आते ही हम लिहाजी हो जाते हैं। प्रदर्शन से डरते हैं। गुपचुप दर्शन से नहीं। समाज के पाठ्यक्रम में क़ानून जानने-बरतने की चीज़ नहीं छाँटने की चीज़ है। 'ज़्यादा क़ानून मत छाँटो जो कहा गया है, करो!' इसके छँटते-न-छँटते अपराध, पाप के आगे सरेंडर कर देता है। क्योंकि हम ख़ुद को किसी क़ानून की किताब के नहीं सीधे-सीधे ईश्वर के एकाउंटेबल मानते हैं। ग़लत काम करने पर इससे पहले कि आदमी अपराधी होने की सोचे, समाज पापी होने की फ़ीलिंग ले आता है।

बहुत मेहनत से हमने इस वाक्य का उत्तरार्द्ध ईजाद किया है, 'इग्नोरेंस ऑफ़ लॉ इज़ नो एक्सक्यूज़ बट नॉलेज ऑफ़ जगलरी ऑफ़ लॉ, इज़—ये पश्चिम को हमारी देन मानी जानी चाहिए। हम दीखते तो हैं लिखी हुई कानूनी धाराओं से लेकिन चलते हैं उन धाराओं के बीच सँकरे स्थान में रास्ता बनाते हुए। कम्प्लीट जगलरी। वाकिंग बिटवीन द लाइंस। इस एफिडेविट से इग्नोरेंस ऑफ़ लॉ तो साफ़-साफ़ दिख रहा था बाक़ी वाकिंग बिटवीन द लाइंस वाली जगलरी न्यायिक प्रक्रियाएँ सिखा ही देंगी। वाक्य पूरा हो ही जाएगा। फ़िलहाल मामला रात में किसी महिला की गिरफ़्तारी पर अटका था।

इससे पहले कि दंड प्रक्रिया संहिता, उच्चतम न्यायालय, मानवाधिकार आयोग की गाइड लाइन, सीओ साहब के भाषण और सावित्री देवी की रात में गिरफ़्तारी के बीच जगलरी के लिए कोई लाइन निकल पाती पोलपट्टी सांध्य दैनिक के इकलौते संवाददाता कम विवादखाता खत्री जी ने दरवाज़े

का पर्दा साधिकार परे ठेलते हुए, इस पूछताछ कक्ष का पूर्ण औचक निरीक्षण सा करते हुए पूछा—

"सर कुछ पता चला आगे?"

"अरे आइए...आइए...इतनी रात में कहाँ निकल पड़े..." न चाहते हुए भी ऐसे समय में जब बीवी की कॉल भी डाइवर्जन पर रहती है। पत्रकार को ही वो अधिकार है कि वो आपकी व्यस्तता में भी अपनी नाक घुसेड़ सके "लगे ही हुए हैं अभी तो...कुछ अच्छी लीड्स हैं...देखते हैं।" सीओ ने उच्चाधिकारियों से इनके द्वारा की गई शिकायत 'कुछ नहीं बताते' का फौरी जवाब सोचते हुए कहा।

"अरे सर, आप तो जानते हैं हमारी और आपकी नौकरी सेम टु सेम ही है...सर क्या लीड्स हैं?" जेब से अपना हथियार निकालते और टेबल पर पड़े काग़ज़ को अपनी तरफ़ सरकाते हुए खत्री जी ने कहा।

"सही कहा आपने दोनों ही शेम-शेम हैं...हा-हा-हा अभी तो यार कुछ बताने लायक नहीं है भाई जी...लगे पड़े हैं देख ही रहे हो...कुछ होता है आगे नया तो सबसे पहले आप को ही बताना है भाई जी...।" सीओ ने चाशनी में लपेटकर जवाब सरकाया वरना कहना तो कुछ और ही चाह रहा था। मीडिया के साथ आदमी कहना कुछ और ही चाहता है, आजकल कहता कुछ और ही है और लोगों के सामने आता कुछ और ही है।

"अरे हमारा भी तो कुछ ख़याल रखिये सर...सुबह वाले में भी देखिए हमने हलका हाथ रखा था।" सीओ की जाँघों पर दबाव बनाते हुए खत्रीजी बोले, "भई हम तो कोओपरेट करके चलते हैं...क्यों एसओ साब?"

"जी...जी...ऐसा है न!" एसओ ने कमान सँभाली, "ऐसा है न...गुरु ज़रा समझा करो...।"

"ठीक है साहब करिए कार्यवाही...वैसे पेट्रोलपम्प वाली लड़की और पप्पू का कनेक्शन तो पक्का है...खैर!" खत्रीजी ने उठते हुए कहा। खत्रीजी उनमें से हैं जो जानकारी को ज्ञान में बदलना जानते हैं।

सीओ साहब ग़ुस्से से पहले टूटी खिड़की और फिर एसओ की तरफ़ देखते हैं। इन्हें हमसे पहले कैसे पता चल जाता है? आख़िर स्टाफ वालों की लॉयल्टी किसके साथ है? ये जानते हुए भी कि जवाब मिलेगा कि इन्हें भी सर्वाइव करना है अपने कुकुरमुत्ते की तरह उग आए साथियों के आगे। एक

भी अख़बार में कुछ छपा तो जितनी सनसनी जनता में होती है उससे ज़्यादा दूसरे अख़बारों के यहाँ होने लगती है। उनके सम्पादक अपने संवाददाता की खाट खड़ी कर देते हैं। "तू कहाँ सो रहा था। देख अलाना-फलाना ने फ़ोटो भी चेंप दिया है।" वो ये भी नहीं सोचते कि क्राइम डेस्क वाला रिपोर्टर रिज़ाइन करके चला गया है। अब ये एक ही बचा है जो पॉलिटिकल, क्राइम, सोशल, सचिवालय सब देख रहा है। दिन भर भाग रहा है। कभी थाने में बैठता है कभी तहसील में।

ये भी जानते हुए कि लोगों ने 'भय बिनु होय न प्रीति' को ज़्यादा सीरियसली ले लिया है। चूँकि हम सामूहिक रूप से शंकर भगवान् के उपासक हैं, ब्रह्मा और विष्णु से ज़रा दूरी बनाकर रखते हैं इसीलिए हम उसी की पूजा करते हैं जिस पर शंकर का असर हो और उसी की तरह जिसकी समाज में तोड़-फोड़ वैल्यू हो। पहले भगवान शंकर की कृपा पुलिस महकमे पर पर्याप्त बरसती थी इसलिए पुलिस की न्यूसेंस वैल्यू ज़्यादा थी, लोग डरते भी थे इससे और पूजा भी करते थे। अब पुलिस ज़्यादा किसी का कुछ बिगाड़ नहीं पाती, ख़ुद पिट-पिटा जाने वाली सामाजिकता शुरू हो चुकी है। इसके लम्बे हाथ (ये भी शंकर की ही महिमा है कि क़ानून का हाथ पुलिस का हाथ समझा जाने लगा था) मानवाधिकार आयोग जैसी संस्थाओं ने मरोड़ कर पीछे कर दिए हैं, मीडिया ने मॉनीटर बन के इस शैतान छोरे को मुर्गा बना दिया है। अब पुलिस की हनक, इकबाल जैसे सब गुर्गे सुबकियाँ ले रहे हैं।

वैसे तो एक और छोरा है जो न्यूसेंस वैल्यू एडिशन में बहुत आगे निकल गया है लेकिन उस पर टिप्पणी कंटेम्प्ट की श्रेणी में आ जाता है। इसलिए यही मान लिया जाता है कि आजकल क्लास का सबसे शैतान बच्चा हो गया है मीडिया। वह कुछ भी कर सकता है। सबको बुली करता है। किसी की निक्कर खींच देता है, किसी के टिफिन का खाना ख़ुद चट कर जाता है, किसी की चुटकी काट लेता है। आजकल जानबूझ कर कपड़ों पर स्याही फेंकने का काम भी सीख गया है। चुगली करना तो शगल ही है इसका। अपनी छोड़ किसी भी क्लास में जाकर बैठ जाता है। इतिहास की कक्षा में विज्ञान के सवाल करता है। विज्ञान की कक्षा में नागरिक शास्त्र के। फिर बीज गणितीय थ्योरी लगा उसे ग़लत साबित कर देता है। इसकी सोशल फ्रेंड सर्किल भी बहुत बढ़ गई है आजकल। बिलकुल फ्रैंकस्टीन मॉन्स्टर की तरह। मज़े की

बात ये है कि सबसे बेवकूफ़ इन मामलों में टीचर्स ही हैं। इमोशनल फूल्स की तरह वो कभी किसी की सुनते हैं कभी किसी की। आजकल मीडिया की सुन रहे हैं। सुनना ज़रूरी भी है क्योंकि ऐसी बहुत सी शैतानियाँ हैं जो अगर मीडिया नामक शैतान बच्चा न हो तो कभी दरी के नीचे तो कभी बस्ते के पीछे छिपा दी जाएँ।

खत्री जी की जानकारी, ज्ञान में ऐसे ही तब्दील नहीं हो गई होगी। ज़रूर कुछ क्लास के भेदी भी इसमें शामिल होंगे। ऐसे समय में नाराज़ होने का चलन और चीख़ने चिल्लाने का फैशन है। सीओ साहब चीख़े तो नहीं लेकिन अगर चीख़ते तो चीख़ने के बाद जिस टाइप का मुँह बनाते उसी तरह का मुँह बना लिया। सूचना विस्फोटक काल में ये प्रोफ़ेशनल मलाल था। थाने से ऐसी सूचनाओं के लीक होने का मतलब संस्थागत हार है। उन्होंने कहा बस इतना 'आई डोंट लाइक इट।'

गाली-गलौज और डाँट-फटकार से दूर ही रहने वाले सीओ के मुँह से इतनी सी बात भी लग जाती है। एसओ साहब एक ज़िम्मेदार योद्धा की तरह इसकी ज़िम्मेदारी सिर पर लेते हुए इसका पता लगाने की ग़रज़ से या सावित्री देवी को 'पूछताछ के लिए बुलवा लेने' की ग़रज़ से कथानक से बाहर चले गए। ('कथानक' को यहाँ सावित्री देवी के आने तक 'कमरा' पढ़ा जाए।) बीच की लाइन मिल गई थी। हालाँकि ऐसी परिस्थिति में इसकी ज़रूरत नहीं थी फिर भी दूध का जला छाछ भी फूँक-फूँक कर पीता है और पुलिस वाले दूध के जले ही नहीं कटे भी थे।

धारा 9 *

आवश्यकतानुसार एक बड़ा थैला होगा जिसमें विभिन्न न्यायालय, पब्लिक सर्वेंट, पुलिस की रहनवारी रहेगी। इनकी दो प्रजातियाँ होंगी चट्टे और बट्टे। न्याय जब-तब इसका मुँह बाँधकर गाँठ लगा देगा। अपराधी इसके बाहर और विक्टिम अन्दर ही रहेगा।

13

कथानक से बाहर (पीछे मुड़ तीन माह पूर्व!)

भोजीवाला!

जैसा कि लेखक ने अपनी पूरी योग्यता इस बात को साबित करने में झोंक दी है कि ये देश के तमाम क़स्बों की तरह का ही एक क़स्बा था जिसे गाँव ने अपनी गोद से उतार दिया था, और शहर अभी इतनी जल्दी उसे अंक में भरने को तैयार नहीं था। हम पीछे भी इसी बात को आगे लेकर बढ़ते हैं। क़स्बे के अन्दर और बाहर का रूप-रंग-गंध एक-दूसरे से अजीब तरीक़े से अलग था जिसका सामंजस्य बिठाने और छिपाने का काम दरवाज़े पर पड़े विशाल मेगा मार्ट के नाना प्रकार के रंगों वाले पर्दों ने उठा रखा था। बाहर टाइट शर्ट और जींस धारण कर अभी-अभी खुले डोमिनो में स्मॉल फ़ॉर्महाउस पिज़्ज़ा विद एक्स्ट्रा चीज़ का ऑर्डर देने वाला क़स्बा, अन्दर अभी भी पट्टीदार जाँघिये पर सैंडो बनियान लटकाए उँगली ठेल-ठेल कर उबकाई, जिसे स्वच्छ भारत मिशन में जाने क्या कहते होंगे? जब तक भारत अस्वच्छ माना गया तब तक इसे कुल्ला कहा गया, जिसे वह उसी नाबदान जैसी चीज़ पर करता था जिसके ज़िम्मे बर्तनों की जूठन, ईंट और बोरे के जादू से बने गुसलखाने से निकले तरल और दिन में कन्नू-मन्नू तथा रात में कल्लन की प्राकृतिक पुकार के उत्पादों को पार पहुँचाने का ज़िम्मा था।

आधुनिकता को समर्पित क़स्बे में माँ-बाप के लिए 'पेड़ा ही लड्डू है' का पाठ आधुनिक होने का कम खिसियाने का डिस्क्लेमर ज़्यादा लगता था। बेटा जहाँ अब भी दुर्गुणों की असंख्य मक्खियाँ लिपटाए देशी घी का लड्डू था और देशी घी का लड्डू टेढ़ा भी हो तब भी लड्डू ही होता है। पेड़ा यानी बेटी के कम्प्यूटर साइंस में डिप्लोमा करने का उद्देश्य आज भी नौकरी कर अपने पैरों पर खड़ा होना नहीं बल्कि सजातीय क़बीले के लड़कों की उस

डिमांड को पूरा करना था जिसमें वो किसी काल्पनिक हाई सोसाइटी में मूव करने के लिए ज़रूरी मानने लगे थे।

क़स्बा रोटी-बेटी की पारम्परिक व्यवस्था को बिना तोड़े कलेवर में बहुत कुछ जोड़ता-घटाता अजीब-सी परम्परावादी-आधुनिक अवस्था को प्राप्त हो रहा था। उसी क़स्बे के वैसे ही किसी घर में सुबह हुए बहुत देर हो चुकी थी लेकिन प्रमाण अब मिलने शुरू हुए थे। चूँकि यहाँ रात ढलती नहीं थी इसलिए आँगन में पट्टीदार जाँघिये पर सैंडो बनियान लटकाए उँगली ठेल-ठेल कर बचा-खुचा पदार्थ बाहरी दुनिया में लाने के काम में लगे हुए भानू के मुँह से निकली भद्दी आवाज़ों ने घर को बताया कि सुबह हो गई। इस घर की सुबह भी किसी भी परम्परा में लसे पड़े आम भारतीय घरों में मर्दों के उठने के बाद ही मानी जाती थी, ये और बात है कि उस समय तक घर की महिलाएँ झाड़ू-चूल्हा-चक्की के कितने ही सूरज उगा चुकी होती थीं। सावित्री देवी रसोई से बाहर आँगन में आ गईं, और काफ़ी देर तक भानू की उस उबकाई का स्थलीय निरीक्षण करती रहीं। पिछले तीन दिनों से भानू लगातार पी रहा था। कुछ महीनों पहले उसे काफ़ी रुपए मिले थे ज़मीन बेचने के। बार-बार कहने के बाद भी घर पर बस सात हज़ार रुपया दिया था उसने। बाक़ी पी गया या कहीं गिर-गिरा गया ये भी नहीं बताया। सात हज़ार से क्या होता है? पिछला उधार चुकाते-चुकाते ही निकल गए। सावित्री देवी निरीक्षण छोड़ वार्ता पर उतरीं।

"तेल-पानी कुछ आएगा घर में?"

"घों...घों।"

"नाम कट गया है गुड़िया का!" सावित्री देवी लम्बी बहस की शुरुआत में बहस के मुद्दों को बुलेट पॉइंट्स के रूप में रख रही थीं।

"घों घों...फिच्च फिच्च।" भानू उस अध्यक्ष की तरह बिहेव कर रहा था जो एक-एक पॉइंट को जानता है और बहस में उन्हीं मुद्दों पर फ़ोकस करता है जो उसे करने हैं।

"तीन दिन से बस चावल खा रहे हैं बच्चे...आज वो भी ख़तम हो गया।" सावित्री कनस्तर की तरफ़ इशारा करके बोलीं जो आँगन के ही एक कोने में निरुद्देश्य सा औंधा पड़ा था, जिसे ये भी नहीं पता था कि बात पर वज़न डालने के लिए ही शायद ख़ाली होने के बाद उसे वहाँ पहुँचाया गया था।

''आक...आक...घ...घ...थू।' इकट्ठा करके थूका गया बलगम इस बात का सबूत था कि अध्यक्षीय भाषण शुरू होने वाला है।

''ऐसा क्यों नहीं करता हमें मार ही डालता...वैसे भी मर जाएँगे हम भूखे।'' अब दलीलों से बात नहीं बनती तब भावनात्मक उदाहरण से कन्विंस करने की कोशिश की जाती है जो की उतनी ही असफल साबित हुई।

''चुप बेहन...ज़्यादा खचर-पचर करके दिमाग़ मत ख़राब कर...अभी दिए तो थे पैसे अचार डाल के खा गई क्या?''

''कब दिए थे याद भी है पंद्रह दिन पहले...''

लगभग रोज़ की बात हो चली थी। सावित्री की किच-किच और भानू की फिच्च-फिच्च से होते हुए गालियों की गलबहियाँ डाले उनका वार्तालाप ठोस शारीरिक आयाम लेने लगता था जिसमें भानू द लंगड़, जिसके हाथ भी दारू की अतिरिक्त खपत से हिलने लगे थे, सावित्री देवी पर भारी पड़ता था। कारण स्पष्ट है। उसके साथ पुरुष होने की सहूलियत और प्राचीन मांसल परम्परा थी। सुबह मुँह की सफ़ाई के समय शुरू हुई ये वार्ता हाथ की सफ़ाई पर जाकर टूटती थी। वार्ता के साथ-साथ दो-चार छोटी-मोटी ख़ून की धार भी फूटती थी, जो सावित्री के शरीर से आना आवश्यक थी इसलिए वहीं से आती थी। फिर दोनों अपने-अपने रस्ते। भानू गर्व भरा मदमाता सा ठेके की ओर और सावित्री नीर भरी दुख की बदली सी अन्दर की कोठर में। बच्चों ने भी इस नियम को पहाड़े की तरह आत्मसात कर लिया था कि अब पापा फटेगा, अब मम्मी पिटेगी और अब...इसलिए वो इसी इंतज़ार में थे कि पापा बाहर जाए तो मम्मी के साथ कमरे में थोड़ी देर रोते-रोते सो जाएँ। इससे भूख भी थोड़ी देर के लिए सो जाती है। आज लेकिन इस टूट-फूट के बाद भी वार्ता जारी थी। सावित्री किसी निष्कर्ष तक पहुँची हुई सी लग रही थी—

''मैं भोजीवाला जा रही हूँ।''

''तो जा बेहन...पीछा छोड़ तेरे बिना चैन से रहूँगा।''

भानू के लिए चैन से रहने का मतलब सीधा एवं स्पष्ट था। उसमें सीधापन ये था कि घर से दारू का ठेका और दारू का ठेका से घर एक सीधी रेखा में आ जाते थे। स्पष्टता ये थी कि सुबह-शाम और दिन में पव्वा-अद्धा की मात्रा बार-बार बदलती न थी।

“रोटी को तरसेगा तू...दारू से ही पेट भर लेगा क्या?” सावित्री आज आर या पार के मूड में थी शायद।

“साली...बेहन...अभी बताता हूँ...” भानू ने भी रौद्र रूप धारण कर लिया। इसके बाद वो हुआ जिसे सोचकर ही सावित्री आज भी सिहर उठती है।

धारा 10 *

पुलिस एक पासे की हैसियत रखेगी। खिलाड़ी बारी-बारी इसे लुढ़का के चाल चलेंगे। गोटी घर होने पर पासे को उँगलियों पर नचा के ख़ुश होंगे। पिट जाने पर बाजी पलट रूठ कर चल देंगे।

14

पीने वालों की कई श्रेणियाँ होती हैं। एक वो होते हैं जो 'यदा-कदा शादी पार्टी में ले लिया जी बस' दूसरे वो जो 'कंट्रोल में पीते हैं साहब! मज़ाल क्या कि दो का तीन पैग हो जाए।' एक वो हैं जो 'बिलकुल बहकते नहीं भइया! देखकर कोई बता दे कि पी है तो मूँछे उखड़वा लें हम!' दूसरे वो जो 'रोज़ शाम को घर पर बस एक न...न...बाहर नहीं...बिल्कुल नहीं जी।' ऐसे भी हैं जो 'वर्दी में नहीं पीते', 'नवरात्रि में तो सवाल ही नहीं, प्याज तक नहीं खाते तो...', 'मंगल-शुक्कर को नहीं पीते', 'अपने पैसे की नहीं पीते, अपनी पी तो क्या पी।' दरअसल पीने वालों की श्रेणियाँ न पीने वालों की श्रेणियाँ होती हैं। भानू जैसे लोग ये समझ नहीं पाते कि ये लोग नहीं पीने के लिए क्यों पीते हैं। जो पीते हैं, वो तो बस पीते हैं।

ऐसे लोग लड़खड़ाते हैं, बहकते हैं, बकते हैं, गिरते-पड़ते हैं, गालियाँ देते हैं, प्यार बरसाते हैं। ख़ास ये है कि ये सब कुछ बिना किसी प्रत्युत्तर की उम्मीद में किया जाता है। दैवीय भाव है। कुल मिलाकर ये आत्मा-परमात्मा के मिलन स्थान पर खड़े रहते हैं अक्सर। भानू भी इसी प्रकार वाला है। उसके लिए भी उच्चता-निम्नता, हर प्रकार का भेद मिट जाता है। नाली में पड़े रहना उसका शौक़ ही था लगभग। ये शौक़ तब आदत सा बन जाता था जब कहीं से जेब में पैसे आ जाते थे। इसी शौक़ की वजह से भानू की दाहिनी टाँग टूटी थी। एक रात ठेके से लौटते समय शौक़ पूरा करते-करते टाँग उस जगह घुस गई जहाँ नाली सफ़ाई के बाद पटिया खड़ी की गई थी। ठोकर लगी और पटिया क़दम चूमने लगी। घुटने के नीचे वाला हिस्सा कुछ और हिस्सों में टूट गया। अब दारू के साथ-साथ टाँग की वजह से भी शौक़ पूरा होने लगा। भानू को देखकर ये बताना मुश्किल था कि लड़खड़ाहट सुरूर-ए-मय की वजह से है या टूटी टाँग की वजह से।

लोअर मिडिल क्लास की अगर कोई परिभाषा न भी हो तो भी उस परिवार को ऐसा नाम दिया जा सकता था क्योंकि उनके पास एक पुराना घर और कुछ ज़मीन थी जिसे बेच-बेच कर भानू व्यापार के पायदान नहीं चढ़ रहा था बल्कि अपनी इस क्लास का पायदान नीचे खींचने पर आमादा था। उनकी शादी हुए दस या बारह साल हो चुके थे। दस या बारह पर सहमति इसलिए नहीं क्योंकि दस हुए या बारह इसकी याद न सावित्री को थी न ही भानू को। आम भारतीय परिवारों की तरह इतिहास के लिए नोस्टाल्जिया पैदा हो जाने के लिए उनके पास कुछ न था। इसलिए याद भी न थी। उनका ब्याह ब्रह्म था या पिशाच ये कहना ज़रा मुश्किल था। वैसे भी शास्त्रों में बताए गए आठ प्रकारों में मात्र विवाह विधि का वर्णन है विवाह के बाद की स्थितियों का आकलन नहीं वर्ना इनके नामों में भारी रद्दोबदल हो सकती थी। उनका विवाह भी उसी भारतीय परम्परा के निबाह के लिए हुआ था जिसमें पत्नी के लिए घर और बच्चे हों और पति के लिए घर, ऐशगाह। साथ ही उसी परम्परा के अनुसार हुआ था जिसमें लड़की की मौसी लड़के की बुआ की भाभी की ममिया बहन होती है और रिश्ता करवाने के एवज में 'हाय इतना अच्छा वर दिलवाया आपने...हम तो ज़िन्दगी भर एहसान नहीं भूलेंगे आपका' वाली दुआ और एक बरस बीतने के साथ ही 'आपको और कोई नहीं मिला फँसाने को...राक्षसों के घर बँधवा दिया हमें' वाली बद्दुआ का रास्ता तय कर लेती है। ये रास्ता कहना न होगा कि दोनों तरफ़ से जाता है।

शादी के दूसरे दिन से ही भानू के लच्छन दिखने लगे थे। लेकिन चूँकि सावित्री मायके से आम भारतीय लड़कियों की तरह ही ऑलमोस्ट धक्का देकर भेजी गई थी इसलिए उसके पास भी परम्परानुसार निभाने के सिवा कोई चारा न था। इस लिहाज़ से उसके भी बहुओं वाले लच्छन दिखने लगे थे। बहुओं के लिए इस लच्छन की प्राप्ति के लिए एक बहुत युगांतकारी शब्द गढ़ा गया है एडजस्टमेंट। 'हम लोग नॉनवेज नहीं खाते तुम्हें भी छोड़ना पड़ेगा...एडजस्ट कर लो', 'सुबह जल्दी तो उठना पड़ेगा पिताजी टहलने जाते हैं, चाय लेते हैं उसके पहले...एडजस्ट कर लो', 'हमारी बहू दर-दर नौकरी के लिए भटके नहीं...नहीं हम बहुओं से नौकरी नहीं कराते...एडजस्ट कर लो' ऐसे तमाम सुनहरे वाक्य ख़ास बहुओं के लिए गढ़े गए हैं। आदर्श बहू एडजस्टेड बहू है।

घर में भानू के अतिरिक्त उसका बाप किशनसिंह था जिसका भानू के साथ गाली–थप्पड़ वाला डायरेक्ट तथा बीड़ी–सुपाड़ी–दारू वाला इनडायरेक्ट रिश्ता था। इनडायरेक्ट इसलिए क्योंकि बाप के गिलास में छूटी दारू और कुर्ते की जेब से बीड़ी निकाल भानू छुप–छुप कर सेवन करता था। रिश्ता इसलिए क्योंकि बाप जानता था भानू की इस हरकत को और इसीलिए भानू गालियाँ खाता था, पिटता था। इनडायरेक्ट इसलिए भी क्योंकि पीटते वक़्त कारण ये नहीं बल्कि कुछ और बताया जाता था। यहाँ भी भारतीय परम्परा का पूर्ण श्रद्धा से निबाह होता था जिसमें बाप बच्चे की हरकत देखकर भी नहीं देखता था और बच्चा ये जानकर भी नहीं जानता था कि बाप जानता है। इस अजीब से सम्बन्ध को लिहाज कहते हैं।

भानू अपने बाप से पच्चीस बरस छोटा था। आप कहेंगे ये कौन बेवक़ूफ़ कथाकार है जो बाप–बेटे के उम्र का अन्तर गिन रहा है, लेकिन अगर ये कहा जाए कि भानू अपनी माँ से ग्यारह साल छोटा था तो बात समझ में आने लगेगी। दरअसल ये दूसरी माँ थी भानू की जो माँ शब्द के सारे भावनात्मक प्रतीकों के प्रतिपक्ष में खड़ी थी। ममता–स्नेह–समर्पण–दुलार वाले लगभग पर्यायवाची शब्दों के विलोम में परम्परा ने एक शब्द गढ़ा है जिसे शब्दकोश ने 'सौतेली' नाम दिया है। भानू की माँ दयावती भानू के जन्म के सात साल बाद ही मर–खप गई। सात साल बाद मरी और नौ साल बाद खप गई क्योंकि उसी साल भानू के बाप ने कमला को लाकर बैठा लिया। 'बैठना' यहाँ पर लाक्षणिक है। वास्तविकता में उसे ख़रीद कर लाया गया था। किशनसिंह जिस दुकान पर काम करता था वहीं उसी के साथ काम करने वाले की बेटी थी। इस बेटी के बाप को अन्य बापों की तरह ही पैसों की सख़्त ज़रूरत आन पड़ी थी। किशनसिंह को कुछ और गार्हस्थिक ज़रूरतें आन पड़ी थीं जिनकी आड़ में कुछ शारीरिक ज़रूरतों का मामला भी था जिसे बच्चों की परवरिश के पीछे छिपा दिया गया था। दो ज़रूरतें आपस में कब मिलीं, कब इनमें पैक्ट साइन हुआ और कब किशनसिंह की उम्र से चौदह बरस छोटी कमला को उठाकर यहाँ बैठा दिया गया पता ही नहीं चला। इस उठापटक में लड़की पत्नी बनने से पहले ही तीन बच्चों की माँ बन गई और फिर कभी बच्चों की माँ नहीं बन पाई। वो माँ थी लेकिन माँ नहीं थी क्योंकि बच्चे थे लेकिन बच्चे नहीं सौतेले बच्चे थे। उसी तरह से जैसे के पति था लेकिन पति नहीं था शरीर था।

इस कहानी से हमें यही शिक्षा मिलती है कि कहानीकार को ज़्यादा छूट नहीं देनी चाहिए वर्ना वर्तमान के हर ग़लत व्यवहार का जस्टिफ़िकेशन वो कहीं न कहीं इतिहास में गोते लगाकर ले ही आएगा। भानू का बाप उसकी माँ का झोंटा पकड़ कर खींचता था, गालियाँ देता था, पीटता था इसलिए भानू भी परम्परा निर्वाह के लिए सावित्री का झोंटा पकड़ के घसीटता था, गालियाँ देता था, पीटता था। कभी ये काम अलग-अलग होते थे कभी एक साथ। आज सब साथ-साथ थे। भानू का बाप भी दारू पीकर टुन्न हो जाता था इसलिए भानू भी। ख़ास बात ये थी कि मौक़ा मिलने पर भानू की माँ भी अपने हाथ साफ़ करती थी भानू के ऊपर। इन सब सम्बन्धों की अदला-बदली के बीच असल लेखक वो है जो संयोजक शब्द-युग्म 'तो-क्या' के लिए भी जगह ढूँढ़ निकाले लेकिन इस काम को फ़िलहाल पाठक अपने दम पर कर लें तो बेहतर होगा।

धारा 11 *

न्याय दो प्रकार का होगा। एक जो दिखेगा, एक जो मिलेगा। जो दिखेगा वो मिलेगा नहीं, जो दिखेगा नहीं, वो कैसे मिलेगा। जो मिलेगा, वो दिखेगा नहीं तो जो दिखेगा नहीं, वो कैसे मिलेगा? इसी प्रश्न के समाधान में ये जुमला चल निकलेगा कि न्याय किया जाए और ये दिखाया जाए कि न्याय किया गया।

इसी तेवर का एक जुमला न्याय और देर सबेर और अन्धेर का भी चलेगा।

15

वो काँप रही थी बुरी तरह। उसे इतनी शर्म लग रही थी कि बहुत देर तक वो वहीं चारपाई के पाए के पास घुटनों में सर दिए बैठी रही। अपने बच्चों के सामने ही...उसे लगा उसे आत्महत्या कर लेनी चाहिए।

सावित्री सिहर उठी थी। भानू ने रौद्र रूप धर लिया था। पीछे से जाकर बाएँ हाथ से उसने सावित्री की चोटी पकड़ी और अपनी ओर झुकाकर दाहिने हाथ से गला कस लिया। सावित्री की आँखें बाहर निकलने लगीं। गले पर दबाव बढ़ता जा रहा था। अब तो बच्चे जो मारपीट के अभ्यस्त थे वो भी रोने लगे थे। सावित्री के गले से घों-घों की आवाज़ आ रही थी। वो कुछ बोलना चाह रही थी लेकिन कसाव ज़्यादा होने की वजह से बोल नहीं पा रही थी। अपने दोनों हाथों का ज़ोर लगाकर उसने भानू का हाथ हटाने का प्रयास किया लेकिन एक तो भानू ने उसे पीछे से दबोचा हुआ था, दूसरा आज भानू में जाने कहाँ से ताक़त भी आ गई थी। थोड़ी देर की मशक्कत के बाद सावित्री ने महसूस किया कि उसकी जान ही निकल जाएगी उसने अपना दाहिना पैर पीछे फेंक के भानू के दाहिने पैर की जगह सहारे के लिए ली गई लाठी पर मारा। भानू का सन्तुलन बिगड़ गया, पकड़ ढीली पड़ गई। वो एक झटके से हाथ झटक कर अन्दर को भागी। घर के पिछले दरवाज़े के पास एक टीन शेड वाली कोठरी थी जिसमें पहले गाय के लिए चारा आदि रखा जाता था, बाद में घर का कबाड़ रखा जाने लगा था। सावित्री भागकर कोठरी में गई और एक टूटी चारपाई के नीचे छुप गई। भानू लहराता हुआ आँगन से ही चिंघाड़ा 'कहाँ भाग गई बेहन...' सावित्री की चीख़ निकलने वाली थी उसने मुँह पर हाथ रखकर किसी तरह अपनी चीख़ को रोका। उसकी साँस धौंकनी की तरह चल रही थी। वो बुरी तरह काँप रही थी। आज भानू पर कोई राक्षस सवार हो गया था। ऐसा लग रहा था वो कुछ भी कर सकता था। बच्चे आँगन में खड़े सब

देख रहे थे। थोड़ी देर तक भानू वहीं खड़ा-खड़ा चीख़ता रहा फिर जब गला सूखने लगा तो 'लौटकर देखता हूँ साली तेरे पर निकल आए हैं...' कहता हुआ घर से बाहर निकल गया। बिटिया ने दौड़कर दरवाज़ा बन्द कर लिया। साँकल लगने के काफ़ी देर बाद तक सावित्री ऐसे ही पड़ी रही मुँह भींचे, निःशब्द। धीरे-धीरे उसने अपनी नसें ढीली कीं। उसे पैरों और हथेलियों के पास गीलापन महसूस हुआ। सन्न रह गई। उसने देखा बच्चे सुबकते हुए उसे ही देख रहे थे। इससे ज़्यादा ज़लालत क्या होगी। उसने डर के मारे वहीं पेशाब कर दिया था!

धारा 12 *

सपठित धारा 1 संहिता, साहित्य के समरस स—हित होगी।

16

कथानक में वापसी उर्फ़ 'जैसे थे!'

थाने का इन्टेरोगेशन रूम

"हाँ साहब, मैंने मरवाया उस हरामी को।"

कमरे में एकाएक सन्नाटा छा गया। ऐसा लग रहा था कि आवाज़ कई सदी पुरानी हो, कहीं दूर से आ रही हो।

"इन्होंने तो बस सर काटा, दो टुकड़े किए, मेरा बस चलता तो हज़ार टुकड़े काट डालती...बोटी-बोटी कर देती हरामी की।"

स्त्री के परम्परागत पतिव्रता स्वरूप के अभ्यस्त लोगों को एक तगड़ा झटका लगा था। हत्या की सुपारी सावित्री ने दी थी ये तो पता चल ही गया था, किसी न किसी कारण से ही मरवाया होगा ये निष्कर्ष भी स्वत: ही निकल जाता था, लेकिन फिर भी लोग शायद इस बात से लगभग आश्वस्त थे कि सावित्री कमरे में घुसते ही हाथ जोड़ेगी, भरी-भरी आँखों से याचना भरे शब्दों में अपने किए की माफ़ी माँगेगी और कहेगी कि वो अपने किए पर शर्मिंदा है। यहाँ ऐसा कुछ भी नहीं हुआ। अजीब औरत है। एक तो अपने पति को मरवा दिया और अब ताल ठोंक के कह भी रही है। चन्दन ने जो हलफ़नामा दिखाया और एसओजी की कॉल डीटेल के बाद शक़ की कोई गुंजाइश ही नहीं बची थी। जेस्टिकुलेशन निर्लज्ज प्रदर्शन तक पहुँच चुका था। सारे प्रमाण चीख़-चीख़ कर कह रहे थे कि भानू को उसकी पत्नी ने ही मरवाया है। सावित्री को उसके शोक सन्तप्त परिवार जनों के बीच से उठा लिया गया था और उसी इन्टेरोगेशन रूम में अब सभी पुलिस वाले रात के चार बजे सावित्री के मुखारविन्द से अपने आप सच उगलता देखना चाह रहे थे।

"ऐ" अपनी मरी हुई आवाज़ में थोड़ा कसाव पैदा करते हुए एसओ ने कहा, "क्या कह रही है...ज़रा जुबान सँभाल...अपने घर में नहीं बैठी है।"

एसओ ने हरामी शब्द पर फ़ोकस करते हुए कहा, "चालाकी देखिए साहब इनकी। तब तक गुमशुदगी नहीं लिखाई थाने पर जब तक बॉडी मिल नहीं गई सत्यभान की। सोच रही थी कि कुछ पता नहीं चलेगा। गधेरे में बह-बहा जाएगी या जानवर खा जाएँगे। किसी को भनक नहीं लगेगी। तिस पर तुर्रा ये कि...बॉडी देखकर पहचानने से भी इनकार। वाह भई। ये सोचा कि सिर तो मिलने से रहा। ये पुलिस वाले ससुरे सिर पीट कर बैठ जाएँगे।" ससुरे शब्द में झल्लाहट कम खिसियाहट ज़्यादा थी। हद्द ही कर दी यार वाले भाव से अपने बग़ल में खड़े पूरण राम की तरफ़ देखते हुए इस बात की ताईद भी ले ली कि पुलिसवाले के साथ गाली-गलौज की भाषा में सिर्फ़ एक ही आदमी बात कर सकता है—ख़ुद कोई पुलिसवाला।

"देख साहब भी बैठे हैं।" अब कमान पूरण ने सँभाली क्योंकि एसओ साहब ने बोलने वाला अदृश्य माइक आँखों से उठाकर पूरण के आगे रख दिया था, "ज़रा आराम से बता बात क्या थी, तुझे पसन्द नहीं करता था क्या?"

सावित्री ने सर न तो ऊर्ध्वाधर हिलाया न ही क्षैतिज, बस जबड़ों के किनारे थोड़ी हरकत सी की ऐसे कि जैसे दाँत भींचे हों।

"किसी और के साथ लिपटान था?" लिपटान शब्द पर पूरण ने सीओ साहब के होंठों की किनारी पर एक हलकी सी जुम्बिश देखी, उसका उत्साह बढ़ा, "आस-पास की महिला थी, परिवार की, पड़ोसी...कौन थी?"

सावित्री ने अपुष्ट सी फुसफुसाहट में जो कहा उसका मतलब था—"कोई महिला-वहिला नहीं थी।"

"तो क्या कोई प्रॉपर्टी का मामला था?" एसओ साहब ने बहुत उदासीनता से पूछा।

"... ..." सावित्री देवी भी उतनी ही उदासीन रहीं।

"देखो ऐसा है..." अब सीओ साहब ने इंटरवीन किया, "अब छुपाने या न बताने जैसा कुछ नहीं है...तुमने मर्डर तो करवा ही दिया है, अब क्यों करवाया ये भी बता दो?"

"मारता था मुझे..." आवाज़ अब भी बहुत दूर से आ रही थी लेकिन फिर भी पुलिस तो पुलिस ही है उसे ये समझाना बहुत मुश्किल है कि कहे गए में जो कहा जा रहा है उससे ज़्यादा जो कहने की कोशिश की जा रही है वो सुने।

"हर घर में झगड़े होते हैं...हमारे यहाँ भी होता है...पति-पत्नी का लड़ना तो आम बात है हमारे समाज में ऐसे तो हर कोई मर्डर करने करवाने पे आ जाए तो..." पूरण राम सावित्री से ज़्यादा कमरे के अन्य लोगों से मुखातिब था।

"झगड़ा नहीं...मैंने कहा मारता था मुझे...ये देखो...ये देखो...ये।" सावित्री ने अचानक अपनी ओढ़ी हुई शॉल उतार दी, अपने दोनों हाथ आगे बढ़ा दिए। उसके हाथ सूजे हुए, लाल, कई जगह से कटे हुए थे। "और भी दिखाऊँ क्या...इसे भी उतारूँ।" सावित्री बदहवास सी महिला कांस्टेबल लक्ष्मी की तरफ़ देखते हुए बोली।

"उसकी कोई ज़रूरत नहीं है..." सीओ ने लक्ष्मी की तरफ़ देखते हुए कहा। लक्ष्मी 'पुलिस होना भाग्य है लेडी पुलिस होना सौभाग्य' वाला जुमला लिए निर्लिप्त भाव से खड़ी थी। उस उदासीनता का दामन न छोड़ते हुए उसने शॉल उठाकर सावित्री के कन्धे पर रख दिया।

"देखो जो हुआ सो हुआ, अब लेकिन पूरी बात तो बतानी ही पड़ेगी वरना हम जज साहब को क्या बताएँगे। तुम्हारे साथ अगर कोई जुल्म हुआ है तो वो तो जज को बताना ही पड़ेगा तभी तो वो कुछ रिलीफ़ देंगे तुमको। अगर तुम्हारी बात उन्हें ठीक लगी तो हो सकता है वो तुम्हें माफ़ भी कर दें।" सीओ साहब ने वो मीठी गोली देनी चाही जो वो अक्सर न टूटने वाले मुजरिमों को देते थे।

"मुझे नहीं चाहिए माफ़ी। अगर मैंने जुर्म किया है तो फाँसी दे दीजिए मुझे, पीछा छूटे ऐसी ज़िन्दगी से।" सावित्री कुछ भी बताने को तैयार नहीं दिख रही थी।

सीओ साहब ने आवाज़ की चाशनी एकतार कर दी। "देखो फाँसी देना हमारा काम नहीं है, उसके लिए अदालत है। हमें तो अदालत के सामने सारी बातें लानी हैं तभी तो वो दूध का दूध और पानी का पानी कर पाएगी।" सीओ साहब ने पानी का गिलास उठाते हुए मिसिरजी से कहा, "ज़रा पानी पिलाइए इसे।"

ये इस बात का संकेत था कि पूछताछ की कार्यशाला का टी ब्रेक टाइप कुछ हो गया है। वैसे अभी कार्यशाला शुरू ही हुई थी और इतनी ज़ल्दी ब्रेक का मतलब नहीं बनता था। ब्रेक के दौरान तीन बातें नोटिसेबल हुईं। सीओ

साहब उठे और कमरे से बाहर चले गए। एसओ साहब उठे और म.का. लक्ष्मी को कुछ इशारे से बताते हुए कमरे से बाहर चले गए। लक्ष्मी सावित्री के साथ कमरे से बाहर चली गई।

ठीक बीस मिनट बाद व्युत्क्रम में तीन चीज़ें फिर नोटिसेबल हुईं। लक्ष्मी सावित्री के साथ कमरे में आई और कोने में खड़ी हो गई। एसओ साहब कमरे में आए, बैठ गए। सीओ साहब कमरे में आए, बैठ गए। उनके पीछे-पीछे सन्नाटा भी आया और अपने परम्परागत आलस्यानुसार पसर गया। सनसनी नहीं आई। क्योंकि बाहर गई ही नहीं थी। तक़रीबन तीन मिनट के अन्तराल पर एक आवाज़ आई जो सावित्री की थी। सावित्री अब स्वत: ही बोल रही थी।

"इतने सालों में मैं लाश के जैसी हो गई हूँ। मुझे फ़रक नहीं पड़ता जैसे लाश को मारो-घसीटो कुछ फ़रक नहीं पड़ता। मैं मायके भी नहीं जा सकती थी। मुझे कौन रखता वहाँ? नौकरी भी नहीं कर सकती थी। पढ़ाई-लिखाई भी वैसी नहीं थी। छुप-छुप के सिलाई-कढ़ाई करके बच्चों की स्कूल फीस और घर के छोटे-मोटे ख़र्चे निकालती थी। लेकिन वो भी उस हरामी को अच्छा नहीं लगता था। पहले मना करता था। फिर लोगों के जो कपड़े सिलने के लिए आएँ वो फाड़ देता था। मुझे बन्द करना पड़ा। हालत और ख़राब हो गई। कई-कई दिनों तक हम एक टाइम खाना खाकर रहे। फिर मैंने शीला भाभी के घर चुपचाप से काम शुरू कर दिया। उन्हीं की मशीन पर।'

"... ..."

"क्योंकि सबको गिरवा नहीं पाई। हाँ इस हिसाब से मैं पहले से ही हत्यारन हूँ। ज़बरदस्ती करता था। क्या करें साहब ये जान बहुत सख़्त और कुत्ती चीज़ होती है। मैं भी मर सकती थी कई बार ख़याल आया था लेकिन गुड़िया और मुन्नू का चेहरा देखकर रुक गई हर बार।"

"... ..."

"एक आख़िरी मकान था बचा वो भी बेच दिया था। पहले शायद बारह लाख रुपये मिले थे। सब पी गया। जब पैसे आ जाते थे तो पागल हो जाता था। पूरे-पूरे दिन पूरी रात या पीता था या पड़ा रहता था नशे में। लगता ही नहीं था कि उसका कोई परिवार भी है। अभी चौदह और मिलने वाले थे। वो भी पी जाता। वैसे भी हम सड़क पर आ जाते।"

"... ..."

"मैंने अजय से कहा। रिश्ते में लगता है आता-जाता रहता है। देखता है हमारी परिस्थिति। उसे भी पैसों की ज़रूरत थी। दो साल पहले उसको घाटा हुआ था। डर रहा था। मैंने कहा पूरी ज़िम्मेदारी मेरी। मैं किसी भी हालत में इस नरक से छुटकारा चाहती थी। मैंने उसे हलफ़नामा भी लिख कर दे दिया था।"

"... ..."

"मैं शादी नहीं करना चाहती थी। किसी से भी। मुझे नफ़रत थी आदमियों से। मेरी एक बुआ थी। नजीबाबाद में ब्याह हुआ था उसका। फूफा कानपुर में फिटर का काम करता था किसी गाड़ी रिपेयरिंग की दुकान पर। अंसारी-अंसारी करके था उनका मालिक। बीस-पच्चीस साल पहले की बात है ये। शायद इक्यानबे-बानबे की। मैं छोटी ही थी तब शादी नहीं हुई थी। बुआ मुझे एक बार अपने साथ कानपुर ले गई थी। अन्सारीजी की लड़की मेरे उम्र की थी। पास ही मुहल्ले की दूसरी गली में उनका मकान था। मैं अक्सर उसके पास चली जाती थी। क्रोशिये का काम सीखने। फिर जाने क्या हुआ दंगा हुआ या बवाल हुआ पता नहीं, फूफा मुझे वहाँ जाने से मना करने लगा। एक दिन दुपहर को फूफा कहीं गया हुआ था। मैं बुआ को बिना बताए चुपचाप सहेली से मिलने चली गई। हम बैठे बातें कर रहे थे कि अचानक ख़ूब शोर होने लगा और बीस-पच्चीस लोग धड़धड़ाते हुए घर में घुस गए। ख़ूब तोड़-फोड़ की। लूटमार की। फिर हमें दूसरे कमरे में खींच कर ले गए। हम हाथ जोड़ते रहे उनसे। मेरी आँखों के सामने शबनम के कपड़े फाड़ डाले उन्होंने और... । फिर उनमें जाने क्या खुसर-पुसर हुई और मुझे डाँटकर बग़ल के कमरे में धकेल दिया मैं बुरी तरह काँप रही थी। मैं मौत देख रही थी अपनी आँखों से। थोड़ी देर में ही तूफ़ान गुज़र गया। मैं कब और कैसे घर पहुँची मुझे याद नहीं। शबनम का क्या हुआ मैं जानने की हालत में नहीं थी। मैं उनमें से किसी को नहीं पहचानती थी। थोड़ी देर बाद फूफा घर पर आए और सीधे अन्दर कमरे में मेरे पास। उन्होंने मुझे एक तमाचा लगाया और चीख़े तुझे कितनी बार मना किया उनके घर जाने को। वो तो अच्छा हुआ कि मैं... । मेरा दिल धक् से रह गया। बार-बार शबनम की घुटी-घुटी घों-घों की आवाज़ मेरे कान में गर्म सीसे की तरह गिर रही थी। इसका मतलब उसकी इज़्ज़त लूटने वालों में

फूफा भी था। मुझे उससे घृणा हो गई और जैसे-जैसे शबनम की याद आती मुझे अपने आप से भी घृणा होने लगी। मुझे आदमी जात से ही घृणा हो गई।''

''... ...''

''करनी ही पड़ी शादी। माँ-बाप कोसते दिन-रात। उनके पास मेरा पेट भरने को पूँजी नहीं थी। इसलिए बाँध दिया मुझे इस राक्षस के साथ। इसने भी तो मेरी नफ़रत आदमियों के लिए और बढ़ा दी।''

''... ...''

''हाँ हो गए बच्चे भी। किसी प्यार के चलते नहीं हुए बच्चे। इसे बस मेरा शरीर नोचना था और कुछ नहीं। कब तक विरोध करती? कितना मार खाती? ये जब छूता तो मुझे लगता मेरा फूफा छू रहा है, मुझे शबनम की याद आती। मैंने कई बार इसे बताने की कोशिश की। ये गालियाँ देता। कहता तुझे फूफा की याद इसलिए आती है क्योंकि तू...। छिः! गंदी-गंदी गालियाँ देता।''

''... ...''

''मेरा बस चलता तो कोख़ में ही मार देती इनको भी। लेकिन क्या करूँ हिम्मत नहीं हुई। माँ ने कहा था कि तेरी औलाद में तेरी आत्मा का अंश होगा। पहले सोचती थी कि मार ही देती तो अच्छा था। ऐसी रौंदी हुई आत्मा का अंश कैसा होगा। लेकिन अब मैंने अपनी आत्मा को धो लिया है। साफ़ हो गई आत्मा मेरी।''

''... ...''

''ये बताओ साहब क्या औरत सिर्फ़ सहन करने के लिए पैदा होती है। इतने साल तक वो मेरा शरीर और मेरी आत्मा रौंदता रहा शरीर का कोई भाग ऐसा न होगा जहाँ चोट के निशान न हों।''

''... ...''

''कोई डर नहीं साहब। ज़्यादा से ज़्यादा क्या होगा। फाँसी दोगे तुम लोग। शरीर का वैसे भी क्या करना है। आत्मा पर कोई दाग़ नहीं अब कोई बोझ नहीं। मेरे बच्चे मेरी आत्मा का अंश हैं। वो सब देख रहे हैं, उन्होंने सब देखा है। एक अफ़सोस रह गया लेकिन। काश उसे मैंने मारा होता। तेल डालकर जलाया होता उसे। मेरे बच्चे ये भी देखते काश!''

काश...

कमरे में अब सन्नाटा था। सावित्री को चुप हुए काफ़ी समय बीत चुका था। खिड़की के अधखुले पाटों से उजाला कमरे में चुपचाप दाख़िल हो रहा था। बिना शोर। बस एक आवाज़ हैंड पम्प चलने की आ रही थी। कोई बाहर अपने पैर धो रहा था। आज बृहस्पतिवार है। कोई मज़ार पर चादर चढ़ाने आया होगा।

पचास रुपए | Fifty Rupees
रुपए 50 | Rs 50

AFFIDAVIT

मैं हलफ़ से यह बयान करती हूँ कि मैं ये करार श्री अजय कुमार के साथ अपने पति सत्यभान सिंह की हत्या के लिए कर रही हूँ। इसमें अजय कुमार जी का कोई दोष नहीं है।

यह कि यदि श्री अजय कुमार मेरे पति की हत्या करने में सफल होते हैं तो मैं उन्हें चार लाख रुपया नगद दूँगी। यह रुपया हमारे मकान को बेचने से जो रक़म मिलेगी उससे दिया जाएगा। रुपया मिलने के बाद ही चार लाख की पेमेंट दी जाएगी।

यह कि मैं ये हत्या अपनी जिल्लत की ज़िन्दगी से तंग आकर ख़ुद करवा रही हूँ।

यह कि इस हत्या की पूरी ज़िम्मेदारी मेरी होगी। इसमें श्री अजय कुमार का कोई दोष नहीं होगा। ग़लती से पकड़े जाने पर उनको नहीं बल्कि मुझे सज़ा दी जाए।

यह कि मैं ये एफिडेविट अपने पूरे होशो-हवास में बना रही हूँ।

हस्ताक्षर
अजय कुमार

हस्ताक्षर
सावित्री देवी,
पत्नी श्री सत्यभान सिंह,
पकिया माजरी, भोजीवाला,
देहरादून

शीर्षक सूर्यकांत त्रिपाठी 'निराला' की एक कविता 'गहन है यह अन्धकारा' से।

धारा 1* से 12*—पुलिस बल [अधिकारों पर निर्बन्धन (अप्रत्यक्ष)] संहिता! सीओ साहब की उसी पीली डायरी से जो मूलतः भूरी होती थी।